Luis Algorri

DU HÖRST VON MIR

Luis Algorri, 1958 in León geboren, ist ein spanischer Schriftsteller, Musiker und Journalist. Er studierte Geschichte und Kunstgeschichte. Als Kolumnist und Journalist arbeitete er für zahlreiche spanische Tageszeitungen und Zeitschriften, darunter *El País*, *Diario16*, *El Independiente* und *Tiempo*. Sein erster Roman *Du hörst von mir* war in Spanien und Frankreich ein großer Erfolg.

LUIS ALGORRI

Du hörst von mir

Aus dem Spanischen von Carsten Hinz

BRUNO GMÜNDER

Kleiststraße 23-26, D 10787 Berlin
info@brunogmuender.com

Originaltitel: Algun día te escribiré esto

Aus dem Spanischen von Carsten Hinz
Umschlaggestaltung: Joris Buiks

www.howardroffman.com
Printed in South Korea

ISBN 978-3-86787-181-5

Alles über unsere Bücher und Autoren:
www.brunogmuender.com

Hätt ich Euer Antlitz nicht geschaut,
so schmerzte es nicht,
doch sähe ich auch Euer Antlitz nicht.
Euch zu sehen ist furchtbare Qual,
doch Euch nicht zu sehen
wär viel schmerzlicher mir;
wäre nicht so verloren,
doch verlöre viel mehr.«

Spanisches Madrigal aus der Renaissance

Erster Teil

Ja, er war es, der mir an jenem Nachmittag die Tür geöffnet hatte, sehr viel später erinnerte ich mich wieder daran. Ich hatte ihn nie zuvor gesehen. Es war Anas Geburtstag und wir waren eine Gruppe von acht oder zehn Leuten, die lärmend den vierten Stock erklommen hatten. Es gab keinen Fahrstuhl und ich erinnere mich an diese endlose Treppe mit ihrem alten Holzgeländer, dem Geruch nach Bohnerwachs und den grauen, gescheuerten Steinstufen. Ana und ich hatten uns erst kurz zuvor kennengelernt, an jenem Tag auf dem Lande, wo unsere beiden Cliquen – ihre Freunde und meine Freunde – das erste Mal gemeinsam etwas unternommen hatten. Ich hatte mich amüsiert, aber vor allem hatte ich es genossen, zu sehen, wie Ana mich anschaute, wie sie Clara ins Ohr flüsterte und dabei lächelte. Kurz darauf kam sie zu mir, ganz nervös, und lud mich auf ihren Geburtstag ein.

Ich sah ihn ganz plötzlich, als er uns die Tür öffnete. Ich war es, der geklingelt hatte, und nun war sein Gesicht einen halben Meter vor mir. Wie ernst er war. Dunkler Pulli, Jeans. Ungefähr siebzehn oder achtzehn, vier oder fünf Jahre jünger als ich, schlank, ungefähr meine Statur, schwarze Haare, lang und wuschelig, fast lockig. Ich fühlte einen Schauder und fragte nach Ana.

»Ihr kommt zum Geburtstag?«, fragte er zurück.

»Ja.«

»Geht einfach nach hinten durch zum Salon am Ende des Korridors.«

Wir traten ein. Mein Geschenk für Ana war ein grüner Frosch, aus Holz und an einer langen Spiralfeder, den sie sogleich an der Decke ihres Zimmers befestigte. Andere schenkten ihr Bücher, Klamotten, CDs und so. Wir hatten viel Spaß. Ana tanzte fast den ganzen Abend mit mir, machte sich lustig über meine Tollpatschigkeit, lehrte mich, meine Füße zu bewegen, lächelte dieses wunderschöne Lächeln. Wir tranken viel. Anfangs suchte ich nach ihm unter den Gästen, aber als ich ihn nicht sah, vergaß ich allmählich diesen unsympathischen Burschen, der uns die Tür geöffnet hatte.

Mein Geburtstag war zwei Wochen später und natürlich kamen Ana, Clara und die anderen. Wir feierten mit meinen Eltern draußen auf dem Land und es war ebenfalls ein schönes Fest: die glänzenden Pappeln, der Geruch des Flusses, das Lagerfeuer, die gerösteten Kartoffeln, Patxi mit seiner Gitarre, der versuchte uns zum Singen zu bringen. Ich lächelte, als Ana mir leicht errötend vorschlug, eine kleine Spritztour entlang dem Fluss mit dem Moped meines Bruders zu machen. Sie umfasste meine Taille und ich startete die Maschine mit einem einzigen Kick, entschlossen, ihre Nerven auf die Probe zu stellen. Ich gab richtig Gas und drehte ganz schön auf, bis der Weg plötzlich einfach endete. Wir stiegen heftig atmend ab und ich lehnte das Moped gegen einen Baum. Mir zitterten die Beine. Ich sah sie an und sagte unvermittelt: »Dir würden kurze Haare besser stehen. Wie ein Junge.«

»Glaubst du?«

»Ja klar.«

»Na gut, ich bin für morgen sowieso mit Clara zum Friseur verabredet.«

Als wir zurückkamen, waren die anderen gerade mit dem Essen fertig. Mein Vater grinste, als er uns sah, und stieß meine Mutter mit dem Ellenbogen an: Ana und ich hatten wirres Haar, die Kleidung voll von diesen Puscheln, die Pappeln im Frühjahr herumfliegen lassen. Sie trug meinen Anorak, und ohne meinen Arm loszulassen, schaute sie mich mit leuchtenden Augen an.

Die ersten Tage waren sehr intensiv. Ana legte ihren Arm fest um meine Taille, wenn wir spazieren gingen, sie trug meinen Anorak und ich fand mich damit ab, dass er von nun an nicht mehr mir gehörte. Ebenso gewöhnte ich mich bald daran, auf der Straße und auch sonst überall dieses kleine hübsche Köpfchen mit dem frisch geschnittenen Bubikopf zu entdecken, das so perfekt zwischen meine Schulter und meinen Hals passte. Wir begeisterten uns beide für Pablo Milanés, für die Berge, van Gogh, Laura (Laura war ihre zehn Monate alte Nichte), Queen, Julio Cortázar, Mozart und für die geheimnisvolle Alchemie eines guten Bizcocho de nata. Wir brauchten nicht lange, um uns über unsere jeweiligen Knutschtechniken einig zu werden, nach wenigen Tagen bereits genügte ein Lächeln, das uns schleunigst nach einem dunklen und einsamen Hauseingang Ausschau halten ließ. Die Welt war stehen geblieben und hatte mit uns nichts mehr zu tun. Alles war einfach nur schön.

»Warum gehen wir nicht zu mir nach oben?«, fragte Ana.

»Bist du verrückt? Und deine Eltern?«, entgegnete ich.

»Meine Eltern sind nicht da, sie sind mit Oma nach Salamanca gefahren, um Onkel Ángel zu besuchen. Es ist bloß mein Bruder da, der sowieso die ganze Zeit nur lernt und gar nicht aus seinem Zimmer rauskommt.«

»Bist du sicher, dass er nicht rauskommt?«, fragte ich misstrauisch.

»Er täte gut daran, nicht rauszukommen. Er hat im September noch fünf Prüfungen vor sich«, gab Ana zurück.

»Aber … was sollen wir denn bei dir zu Hause?«

Ana lächelte.

»Der Frosch, den du mir geschenkt hast, hat Sehnsucht nach dir.«

Bevor wir dann wirklich miteinander schliefen, war dieser Nachmittag bei Ana zu Hause das Mal, wo wir am dichtesten davor waren. Wir waren atemlos, barfuß, ich hatte die Hose offen und Anas Bluse lag auf dem Boden, als das Klopfen an der Tür uns zusammenfahren ließ.

»Was willst du?«, rief Ana.

»Ani?«

»Warte gefälligst einen Moment, verdammter ...«, fluchte Ana.

Die Stimme auf dem Korridor sagte etwas, was wir aber nicht verstanden. Ana strich sich mit den Händen übers Haar und stand auf, um die Tür zu öffnen.

»Was zum Teufel ist denn?«, fragte sie ungehalten.

»Nichts. Telefon für dich.«

Man hörte Anas nackte Füße, wie sie den Korridor entlangliefen. Eine endlose Sekunde verging. Die Tür war angelehnt. Als ich ihn im Halbdunkel des Vestibüls erkannte, spürte ich, wie mir das Blut in den Kopf schoss. Dasselbe wuschelige Haar, der gleiche dunkle Pulli, diese Blässe und die kleinen, feindseligen Augen. Ich versuchte einen widerspenstigen Knopf an meiner Jeans zu schließen.

»Hallo, wie geht's?«, fragte ich.

»Gut. Hallo«, entgegnete er knapp.

»Ich glaube, wir kennen uns, oder? Wir haben uns an Anas Geburtstag kurz gesehen.«

Er musterte mich von oben bis unten. Ich beschloss, den Knopf in Ruhe zu lassen.

»Keine Ahnung. Sie kommt gleich wieder. Sie ist am Telefon. Entschuldige«, sagte er, drehte sich um und verschwand. Ich hörte irgendwo in der Wohnung eine Tür knallen. Als Ana zurückkam und die Tür verschloss, hatte ich gerade eine Zigarette angezündet.

»Sag mal, wer ist eigentlich dieser Typ?«, fragte ich.

»José? Na, wer wird das wohl sein? Mein Bruder natürlich.«

»Dein Bruder? Aber hieß dein Bruder nicht Eduardo?«, entgegnete ich verwirrt.

»Ja, aber das hier ist noch ein anderer Bruder ... Hast du José noch nicht kennengelernt?«

»Ich glaube, an deinem Geburtstag hab ich ihn kurz gesehen. Aber ich dachte, er wäre irgendein Freund von dir. Es waren ja so viele Leute da ...«

»Ach was! Das ist mein Bruder«, Ana lachte lauthals, »und ich hab noch 'ne Menge andere ... Ich hab dir doch schon gesagt, dass er bis September ganz schön pauken muss, deshalb geht er diesen Sommer praktisch nicht aus dem Haus. Nur manchmal geht er kurz ins Schwimmbad. Mach dir keine Gedanken, er wird niemandem etwas sagen ... Aber sag mal ... wieso hast du dich denn so schnell wieder angezogen?«

Ich nahm ihr Gesicht in beide Hände und rieb meine Nase an ihrer.

»Ich lade dich zu einer Riesenpizza ein, du weißt schon, wo«, schlug ich vor.

Sie lachte wieder.

»Mit Gambas?«, fragte sie schelmisch.

»Mit einer Supersonderextraportion Gambas!«

»Na gut«, sie lächelte, konnte ihre Enttäuschung aber nicht ganz vor mir verbergen. »Dann los: Ich mach mich nur schnell zurecht, dann können wir gehen.«

Wir waren Mitglied im selben Sportclub und es dauerte nicht lange, bis sich ihre und meine Eltern kennenlernten; sie setzten sich zwar nicht zusammen zum Essen an einen der Tische, aber sie grüßten sich und gaben sich die Hand mit dem resignierten Lächeln derer, die wissen, dass die Dinge sind, wie sie sind, und dass es das Beste ist, ihnen freien Lauf zu lassen. Auch Ana und ich setzten uns nicht zu ihnen, sondern wir breiteten unsere Handtücher etwas abseits auf dem Rasen aus, im Halbschatten zwischen Sonne und dem Schatten der Bäume, und legten uns so lange hin, bis die Hitze ein Bad unumgänglich machte. Dies wiederholte sich mehrmals am Tag. Irgendwann legten sich Clara, Pepo, Eduardo und ein paar der anderen zu uns. Aber es ist nicht leicht, die Süßlichkeit eines frisch verliebten Paares zu ertragen, und sie ließen uns daher zumeist allein.

An einem jener Tage war ich auf meinem Handtuch in der späten Nachmittagssonne eingedöst, während Ana neben mir lag und las.

»Guck ihn dir an! Da hat er vom Lernen wohl schon wieder die Nase voll. Der Junge hat Nerven.«

»Was?«, fragte ich aus dem Halbschlaf.

»Na José! Lümmelt schon wieder hier im Schwimmbad rum, statt seine Nase in die Bücher zu stecken. Und es sind nur noch anderthalb Monate bis zu seinen Prüfungen«, ereiferte sich Ana.

Ich hob den Kopf.

»Wer?«

»Klar, er weiß, dass Mama heute nicht kommt, und gleich nutzt er's aus.«

»Von wem redest du eigentlich?«, fragte ich, immer noch etwas benommen.

»Von José, meinem Bruder! Siehst du ihn denn nicht?«

»Nein, wo denn?«

»Hier vorn, bei denen, die gerade Richtung Becken gehen. Der mit der blauen Badehose«, Ana deutete mit dem Kopf in die Richtung.

Ich spürte eine Art Kälte im Bauch. Ernst wie immer ging er mit gesenktem Kopf und nackten Füßen an uns vorbei über die Wiese, mit kurzen Schritten, ohne Eile. Die Bräune seiner Haut ließ erkennen, dass dies nicht der erste Nachmittag war, an dem er hier herumlümmelte, wie Ana sich ausdrückte. Die zu langen Arme zeigten, dass er gerade dabei war, der Pubertät zu entwachsen, fast unbehaart, ohne markante Muskeln, außer denen, die sich leicht an Oberarmen und Brust abzeichneten. Diese Schlaksigkeit wurde durch seine Badehose noch betont. Die Hose aus meerblauem Nylon, ähnlich jenen, wie sie Schwimmer tragen, war ihm etwas zu groß. Sowohl der Spielraum als auch die Nachlässigkeit, das Band nicht zuzubinden, und vor allem das offensichtliche Gewicht dessen, was sich vorne in der Badehose verbarg, trugen dazu bei, dass die scheue Linie kleiner Härchen, die sich vom Bauchnabel herunterzog, bis zu dem Punkte sichtbar wurde, wo der Beginn der Schamhaare zu vermuten war. Als er uns den Rücken zudrehte, konnte ich durch den Stoff seiner Badehose einen kleinen festen Po erahnen, der sich unter dem blauen Nylon schüchtern, aber geschmeidig bewegte.

»Ist dir nicht gut?«

»Was?«, ich fuhr zusammen.

»Du schwitzt und bist auf einmal so blass geworden. Ist dir schlecht?«, fragte Ana besorgt.

»Mir? Mir geht's blendend! Es ist nur einfach tierisch heiß.«

»Na komm her, leg dein Handtuch hier hinten hin, in den Schatten«, sagte Ana fürsorglich.

»Ja gleich. Lass mich erst mal richtig wach werden. Ich war ganz weggedöst und habe geträumt, ich wäre eine Schildkröte in der Sonne. Und wir Schildkröten bewegen uns nur gaaanz langsam.«

Ana lachte, stand auf und legte unsere Taschen ein paar Schritte weiter in den Schatten. Ich erhob mich wenig später und wickelte mich sogleich in mein Handtuch ein, um keine Erklärungen über den seltsamen Zustand meiner eigenen Badehose geben zu müssen.

Ich begann, ihn zu belauern. An den Nachmittagen, an denen er im Schwimmbad auftauchte, tat er immer dasselbe: Er ging direkt zu den Umkleidekabinen und kam mit seiner blauen Badehose bekleidet und mit einem Handtuch über der Schulter wieder heraus, ging dann eine Weile mit seinen Freunden auf die Liegewiese, schwamm danach ein wenig und spielte abschließend ein bisschen Tennis, wenn er einen Spielpartner hatte. Zum Abschluss ging er meist noch einmal schwimmen, um dann nach einem letzten Sonnenbad und dem Umkleiden (seine blaue Badehose verschwand jedes Mal wie eine Sternschnuppe auf der Treppe zu den Umkleidekabinen) aufzubrechen. Ganz selten grüßte er uns, indem er ein wenig die Hand hob, aber nur, wenn Ana ihn anschaute.

»Was hat dein Bruder eigentlich gegen mich?«, fragte ich sie einmal.

»Gegen dich? Welcher Bruder?«, wollte Ana erstaunt wissen.

»José.«

»Er hat was gegen dich? Aber wieso sollte dieser Taugenichts was gegen dich haben? Er kennt dich doch überhaupt nicht!«

»Eben. Deswegen ja.«

»Ach was, er ist einfach nur ein Schwachkopf. Und außerdem ziemlich schlecht erzogen. Und überhaupt: Es kann dir doch völlig egal sein, ob er was gegen dich hat!«

Ich hatte meine Reaktion schon vorbereitet: »Na, ich sollte doch anfangen, mich mit deiner Familie gutzustellen, oder nicht …?«

Ana lachte schallend und strubbelte mir durch die Haare.

»Du bist mir ja vielleicht einer!«

Es fiel mir schwer, es mir einzugestehen, aber ich begann, schlecht zu schlafen.

Ich beschloss, ihn zu provozieren. Eines Nachmittags sah ich ihn zum Tennisplatz rüberschlendern, allein, mit seinem Schläger und zwei Dosen Bällen. Er trug ein weißes Poloshirt. Es war noch nicht einmal zwei Uhr und aus dem Zenit brannte die Sonne wie Feuer. Er stellte sich auf die eine Spielfeldseite und begann, Aufschläge zu üben. Wenn er keine Bälle mehr hatte, wechselte er die Seite, sammelte sie auf und begann von Neuem. Er war gar nicht so schlecht. Ana war neben mir auf ihrem Handtuch halb weggeschlummert.

»Ich werde mich mal ein bisschen mit deinem Bruder beschäftigen«, sagte ich zu ihr.

»Was?«

»Ich gehe mal deinen unsympathischen Bruder etwas ärgern, warte auf mich.«

»Na gut, weck mich, wenn du es leid bist, was bestimmt nicht lange dauert. Es gibt auf der Welt garantiert nichts Langweiligeres als diesen Typen«, murmelte Ana.

Ich stellte mich an die Umzäunung des Tennisplatzes, sodass er mit dem Rücken zu mir stand. Ich wartete, bis er nacheinander drei Bälle verschlagen hatte.

»Du bewegst dein Handgelenk nicht richtig«, rief ich.

Er drehte sich um und sah mir in die Augen. Wieder traf mich dieser mürrische Blick.

»Sag bloß, du spielst Tennis?«

»Etwas kann ich dir schon beibringen, denke ich.«

Er war einen Moment lang unentschlossen.

»Und hast du denn deinen Schläger hier?«, fragte er.

Ich grinste mit den übelsten Hintergedanken.

»Gib mir fünf Minuten.«

Ich brauchte drei. Als ich in kurzen weißen Shorts, Polohemd und mit meinem Schläger bewaffnet zurückkam, übte er wieder Aufschläge. Ich stellte mich auf die andere Spielfeldseite. Es war offensichtlich, dass er sich unwohl fühlte und bemüht war, zumindest ein wenig Freundlichkeit zu zeigen.

»Schaffst du ein paar Sätze?«, fragte ich ihn.

»Wenn du willst, spielen wir ein paar Bälle, einfach so, damit du dich aufwärmen kannst«, sagte er mit einem geringschätzigen Lächeln.

»Nicht nötig«, gab ich etwas spitz zurück, »und außerdem – wenn ich sehe, wie du dein Handgelenk bewegst, lass ich dir gern den Aufschlag.«

»Na vielen Dank auch!«

Er begann mit zwei aufeinanderfolgenden Doppelfehlern, aber bald verlor er seine Nervosität. Die Spiele waren lang und ausgewogen. Ich hatte den besseren Aufschlag und die besseren Returns, dafür waren seine Volleys tödlich und – sei es aus Glück oder aus Berechnung – platzierte er eine beschämende Zahl von Bällen zwei Zentimeter vor der Linie. Ich hatte mir meine Strategie genau überlegt und lachte jedes Mal frech, wenn er einen Fehler machte. Bis er wütend wurde und das Spiel unterbrach.

»Worüber lachst du eigentlich die ganze Zeit?«, wollte er wissen.

»Über dein schlechtes Spiel.«

»Ich bin eigentlich gerade dabei zu gewinnen.«

»Ich lasse dich gewinnen, was nicht dasselbe ist«, entgegnete ich.

»Das ist ja wohl eine Lüge! Ich mach dich platt, das sieht doch jeder!«

»Ach ja? Na dann pass mal auf!«

Ich machte drei Aufschlagpunkte nacheinander. Das darauf folgende Spiel gewann er zu null. Den ersten Satz gewann er acht zu sechs. Als er den zweiten Satz gewonnen hatte, waren wir beide völlig durchgeschwitzt. Ich ließ meinen Schläger sinken, ging zum Netz und reichte ihm die Hand. Er kam mir entgegen. Das war das allererste Mal, dass ich ihn lächeln sah. Wenn er in seiner Ernsthaftigkeit schon reizend, auf beunruhigende Weise reizend war, so verwandelte ihn sein Lächeln in einen jungen Gott.

»Ich entschuldige mich bei dir«, sagte ich. »Du hast mich tatsächlich geschlagen und spielst wirklich besser als ich. Glückwunsch!«

Er drückte mir die Hand und lächelte.

»Ach was! Du spielst echt gut. Ich hab einfach Glück gehabt, mir gingen die Bälle leicht von der Hand. Glaub bloß nicht, dass mir alles so leicht fällt …«

Ich schluckte. Es war offensichtlich, dass er nicht das meinte, was ich verstand, aber … Ich sprang mit einem Satz über das Netz, strubbelte ihm einfach durch die Haare und legte meine Hand auf seine schweißnasse Schulter.

»Ich glaube, was wir jetzt brauchen, ist eine Dusche, oder?«

»Einverstanden.«

Ana saß auf dem Handtuch und rauchte. Sie machte große Augen, als sie uns gemeinsam auf sich zukommen sah. Meine Hand lag immer noch auf Josés Schulter.

»Dein nichtsnutziger Bruder hat mich in zwei Sätzen plattgemacht.«

»Hör nicht auf ihn«, murmelte José nun wieder finster dreinblickend. »Er hat mich gewinnen lassen.«

»Stimmt doch gar nicht! Er hat mich nach Strich und Faden fertig gemacht. Aber die Revanche wird kommen, Kleiner.«

»Und jetzt? Wo wollt ihr hin?«, wollte Ana wissen.

Ich wartete und ließ ihn antworten.

»Wir gehen duschen.«

Ana seufzte und streckte sich wieder auf dem Handtuch aus mit der Geste eines Menschen, der davon überzeugt ist, dass die Welt mit so vielen Verrückten nicht mehr zu retten ist.

»O.k., o.k. … Und du, Brüderchen, könntest auch mal wieder ein bisschen am Schreibtisch sitzen und lernen, anstatt hier Tennis zu spielen, oder?!«

»Aber ich gehe doch gleich wieder nach Hause!«, grummelte José.

»Ja, klar! Nach Hause! Als ob ich dich nicht kennen würde«, sagte Ana.

Ich packte ihn wieder bei der Schulter und zog ihn in Richtung Dusche.

Ich stellte mich dumm: »Was musst du denn da eigentlich lernen?«

»Ach … diesen ganzen Scheiß … Ich hab im September noch fünf Prüfungen vor mir.«

»In welchen Fächern?«

»Pah, in fast allen!«, er lachte bitter, »Geschichte, Literatur, Latein, Physik, was weiß ich …«

»Ach nee …«

»Wieso?«

»Na, in Physik und in Was-weiß-ich kenn ich mich auch nicht so aus, aber in den anderen drei Fächern könnte ich dir schon helfen.«

»Du?«

»Klar. Weißt du nicht, dass deine Schwester und ich dasselbe studieren?«

»Geschichte und Kunst und so?«

»Genau.«

»Ah … ich hatte keine Ahnung …«, er errötete ein wenig, »offen gestanden weiß ich nicht mal, wie du heißt.«

»Ach? Ana hat dir nicht einmal gesagt, wie ich heiße?«, fragte ich ehrlich erstaunt.

»Nein, na ja … ich meine, du hast ja schon gemerkt, dass wir uns nicht besonders gut verstehen.«

Wir erreichten die Umkleidekabinen. Ich blieb am Fuße der Treppe stehen und gab ihm förmlich und lächelnd die Hand. »Na dann: Hocherfreut, dich kennenzulernen, José. Ich bin Javier.«

Er musste lachen und wir betraten den Umkleidebereich. Unsere Spinde waren nicht weit voneinander entfernt. Wir legten die Tennisschläger zur Seite. Er zog sich sofort das Polohemd aus und öffnete die metallene Spindtür mit seinem Schlüssel. Ich spürte einen Schauer in mir.

»Und du kennst dich auch mit Literatur aus?«, forschte er weiter.

Er zog sich die Shorts und die Unterhose ohne jede Scham vor mir aus. Sein Körper war in Schweiß gebadet. Sein Po war genau so, wie ich ihn mir vorgestellt hatte: fest, klein, muskulös, ohne ein einziges Härchen. Die Badehose hatte eine fast kindlich weiße Zone hinterlassen, die sich von dem honigfarbenen Teint des restlichen Körpers scharf abgrenzte.

»Na klar. Ich hab schon selber Unterricht gegeben.«

Ich glaube, er hatte gemerkt, mit welcher Nervosität ich ihn anschaute. Sein Glied, schlaff, wie es war, schien mir nichts Besonderes zu sein. Seine Schamhaare waren ebenso schwarz wie seine Kopfhaare. Er nahm ein Handtuch und schlang es sich um die Hüfte.

»Was ist? Wolltest du nicht duschen?«

Ich spürte, dass ich errötete wie ein Kind. Das Schauspiel Josés, wie er sich nackt vor mir ausgezogen hatte, hatte mich versteinern lassen. Ich stand vor ihm: wie angewachsen, noch vollständig angezogen, schaute ihn an und versuchte tunlichst, meine Nervosität vor ihm zu verbergen.

»Was? Ja, klar. Sofort. Warte, ich komme mit.«

Ich zögerte einen Augenblick, ob ich mich vor ihm ausziehen oder ihm den Rücken zudrehen sollte. Nix da, dachte ich, ich will sehen, was er für ein Gesicht macht. Ich zog mir – viel langsamer als er – das Hemd, die kurze Hose und den Slip aus. Hinterlistig wischte ich am ganzen Körper den Schweiß mit meinem Hemd ab. Ich hielt mich besonders an meinem Schwanz auf, der nicht ganz schlaff, aber auch nicht völlig ausgefahren war, und ebenso an meinen Eiern. Mal gucken, ob er merkt, dass das hier kein Vergleich ist, sagte ich mir.

»Mann, wie viele Haare du hast … Ich bin ja gegen dich echt ein Kleinkind …«

Ich lächelte: »Na ja, ich würde sagen, es ist ziemlich klar, dass keiner von uns beiden hier ein Kleinkind ist.«

Sein Gesichtsausdruck änderte sich schlagartig und er blinzelte nervös.

»Ich meinte damit, dass sich kleine Kinder nicht nachmittags um drei in der Augusthitze fast umbringen beim Tennis. Da muss man schon bescheuert sein, oder?«

Er lachte schallend. Wenn er lachte, war er wunderschön. Ich wickelte mir auch ein Handtuch um die Taille und wir gingen zu den Duschen. Er nahm die Duschkabine neben meiner und schloss die Tür. In diesem Moment entschied ich, dass es für den heutigen Tag genug der Quälerei war, und begann mich zu streicheln. Mein Schwanz schien nur darauf gewartet zu haben und wurde sofort steinhart. Ich konnte José zwar nicht sehen, aber was viel besser war: Ich hörte nebenan die Dusche plätschern und stellte ihn mir vor: das Gesicht zum Wasserstrahl gereckt, die Augen geschlossen, seifte er sich den Nacken, die Arme, die Brust ein, kaum einen Meter von mir entfernt, direkt hinter der Trennwand glitt er mit der seifigen Hand durch seine perfekten Arschbacken, um seine kleinen Eier und über seinen Schwanz, der vielleicht durch die Seife und das heiße Wasser gar nicht mehr so klein und weich war wie gerade eben noch. Als mir der Gedanke durch den Kopf schoss, dass José vielleicht jetzt das Gleiche machte wie ich, spritzte ich spontan und heftig gegen die Trennwand. Mein Sperma lief in Schlieren die Kacheln hinunter.

»Was sagst du?«, hörte ich Josés Stimme.

»Wie bitte?«

»Nichts, ich dachte nur, du hättest etwas gesagt.«

»Ich? Nö ...«

Er hatte meinen Seufzer gehört, der mir entfuhr, als ich abgespritzt hatte.

»Hör mal, ich bin schon fertig. Ich geh auf die Liegewiese, ja?!«

»Warte. Eine Sekunde. Wir gehen zusammen.«

Ich stellte meine Dusche ab und ging aus der Kabine in den Gang, immer noch nackt. Da stand er, angelehnt an die Tür einer der Duschen, mit gekreuzten Beinen. Er hatte eine Zigarette angezündet.

»Rauchst du immer, nachdem du dich beim Tennis verausgabt hast?«

Er lachte: »Und du? Läufst du immer nackt im Gang rum, nachdem du geduscht hast?«

Nun wurde ich knallrot. Vor lauter Nervosität hatte ich meine Badehose im Spind vergessen.

»Mensch, du hast recht! Wo bin ich nur mit meinen Gedanken?«

Ich hätte zehn Jahre meines Lebens gegeben, wenn er gewusst hätte, wo ich tatsächlich mit meinen Gedanken gewesen war, aber das war nicht sehr wahrscheinlich. Ich holte meine Badehose, zog sie an und wir verließen die Umkleidekabinen. Ich wusste bereits genau, was ich zu sagen hatte: »Und, wann fangen wir an?«

»Wann fangen wir womit an?«

»Meine Güte, José, mit Latein und Geschichte und so.«

»Ja, hm … ich weiß nicht, ich muss mit meinen Eltern sprechen, wie viel sie bezahlen können …«

Ich packte ihn fest hinten im Nacken und schüttelte seinen Kopf. Er lachte. Seine Haut, mittlerweile trocken, war fast unerträglich zart.

Ich glaube, damals, als ich zum ersten Mal seinen Nacken berührte und so tat, als würde ich ihm nicht den Nacken streicheln, als meine Fingerspitzen an seinem Nacken diesen lautlosen Funken spürten, dies war der Moment, als alles begann.

»Sag mal, spinnst du«, rief ich empört, »was soll denn der ganze Quatsch? Bezahlen! So weit käme es noch! Dem Bruder meiner Freundin werde ich Geld für Nachhilfe abnehmen!«

Wir stritten ein wenig darüber. Er lehnte beschämt ab, dass ich ihm gratis helfe. Ich ließ ihn nicht zu Wort kommen.

»Schluss jetzt mit der Debatte!«, entschied ich. »Nach welchem Zeitplan lernst du?«

»Na ja, das kommt darauf an … meistens am Nachmittag.«

»Aber die Nachmittage verbringst du doch hier!«

»Mann! Doch nicht jeden Tag!«

»Fast alle«, gab ich zu bedenken.

»Von wegen! Ich komme ganz selten her.«

Ich warf ihm einen Blick voll einstudierter Strenge zu: »Was du brauchst, ist ein bisschen Disziplin. Morgens kümmere dich um Physik oder Was-weiß-ich. Ich komme ab Montag immer zwischen vier und sechs zu dir nach Hause. Und danach, wenn du dann noch Lust hast, können wir immer noch zusammen hierher ins Schwimmbad kommen. O.k.?«

Er sah mich an und lächelte mit gesenktem Kopf.

Plötzlich war er es, der mir die Hand in den Nacken legte, so wie ich es zuvor bei ihm gemacht hatte. Ich war so überrascht, dass ich nicht wusste, wie ich reagieren sollte. Er sah mich an und lächelte wieder. Dieses Engelsgesicht, das endlich nur für mich allein lächelte, diese schmale und unschuldige Hand auf meiner Haut und diese leicht verschämte Stimme, die zu mir sagte: »He, Mann, danke. Ganz ehrlich.«

Lachend runzelte ich die Stirn.

»Warte ein paar Wochen, Freundchen, du wirst dich schon noch bei mir bedanken, denn ich werd dich ganz schön rannehmen …«

»Genau das brauche ich, denn ich bin echt so verdammt schlecht.«

»Das werden wir noch sehen. Du machst deine fünf Prüfungen im nächsten Monat wie ein kleines Genie. Und außerdem wirst du Tennis spielen lernen.«

Wir gingen raus. Er hob die Hand, um sich zu verabschieden. Er lächelte mir noch einmal zu, dann drehte er sich um und lief in

Richtung Liegewiese. Ich blieb stehen. Als ich sah, wie er auf Höhe der Hecke angekommen war, rief ich ihm nach: »He, José!«

Er drehte sich zu mir um.

»Ich bin dir gar nicht so unsympathisch, oder?«

Er fing an zu lachen und schüttelte den Kopf. Er winkte mir noch einmal zu und verschwand. Ich sah, dass Ana uns zuschaute, ausgestreckt auf ihrem Handtuch. Zum ersten Mal, seitdem ich sie kennengelernt hatte, fühlte ich mich schlecht. Nicht ihretwegen, sondern meinetwegen. Ich ging zu ihr, lächelte und legte mich rücklings neben sie auf den Rasen.

»Na, wie war's?«, wollte sie wissen.

»Gut. Er ist ein echt netter Kerl.«

»Daran merkt man, dass du ihn nicht kennst.«

»Nun, ich werde ihn jedenfalls noch kennenlernen. Ab Montag gebe ich ihm nämlich Unterricht.«

»Du gibst José Unterricht?«, fragte sie ungläubig.

»Ja. Was ist daran so seltsam?«

»Na, nichts ... Aber er wird dir den ganzen Sommer ruinieren. Er ist ein absoluter Taugenichts. Und außerdem ein Tunichtgut.«

»Auf mich hat er nicht so gewirkt«, entgegnete ich. »Ich glaube, er ist nur ein wenig desorientiert und braucht jemanden, der ihm unter die Arme greift, das ist alles.«

»Du kennst ihn einfach nicht, das ist ja mein Reden.«

»Hör mal, habe ich dir schon gesagt, dass meine Eltern gestern nach Malaga gefahren sind?«, fragte ich sie unvermittelt.

»Ja, hast du schon erzählt. Und was willst du damit sagen?«

»Ich will damit sagen, dass wir bis morgen Abend sturmfreie Bude haben.«

Ana sah mich durchdringend an und nahm meine Hand.

»Sagst du das im Ernst?«

»Und du? Denkst du das, was du gerade denkst, im Ernst?«

»Ich glaube, ja«, sie machte eine Pause. »Na gut: Ja!«

Ich stand auf und begann, die Badetasche zusammenzupacken.

»Was machst du denn?«

»Ich dachte, wir gehen jetzt«, erwiderte ich.

Ana machte ein erschrecktes Gesicht: »Jetzt? Aber ... aber es ist doch erst fünf Uhr!«

Ich rieb meine Nase an ihrer Nase: »Ich wei-eiß«, trällerte ich leise, »wenn dich das Licht stört, machen wir einfach die Fensterläden zu ...«

Es war das erste Mal, dass wir miteinander schliefen. Ich fühlte mich wieder glücklich.

Seine langen wuscheligen Haare zeichneten sich vor dem Fenster im Gegenlicht ab. So saß er jeden Nachmittag da, mit gesenktem Kopf, den Blick in seine Bücher oder Schulhefte vertieft. Ich stand neben ihm und betrachtete ausführlich die anmutige Kurve seines Nackens, das Profil seiner kleinen Nase, dieses in sich versunkene Gesicht, das sich von Zeit zu Zeit umwandte und mir zulächelte. Oder wir saßen nebeneinander, meine Hand ruhte auf seiner schmalen Schulter, während ich von unregelmäßigen Verben, Cervantes oder dem Dreißigjährigen Krieg redete. Meine Hand lag auf seiner Schulter und manchmal streichelte ein Finger wie von allein kurz und sanft den Stoff des Hemdes und schien die Zartheit der Haut darunter zu erraten, die so nah und doch so unerreichbar war. Manchmal, wenn er eine schwierige Übersetzung machte, ein Sonett analysierte oder sich im Datum der Schlacht von Trafalgar geirrt hatte, konnte sich meine Hand nicht beherrschen, strich durch die köstlichen Fluten seiner Haare und vergrub sich darin, ohne zu wissen, wie sie wieder herausfinden sollte, und doch gar nicht herausfinden wollte; während ich Latein, Geschichte, Literatur und beinahe sogar das Atmen vergaß, war ich nur noch bemüht, nicht einfach mit meinen Lippen seinen Kopf, seine Augen oder zumindest diesen langen schlanken Nacken zu berühren, der mich bis in den Schlaf verfolgte.

So begann der Kampf zwischen dem verzweifelten Wunsch, dass diese beiden täglichen Nachmittagsstunden niemals enden mochten, um ihm weiterhin so nah zu sein und ihn für mich, nur für mich allein zu haben, und der Hoffnung, dass diese Qual, ihn nicht mit Küssen ersticken zu können, ihn nicht einmal umarmen oder seinen Kopf an meine Schulter drücken zu dürfen, so schnell wie möglich enden möge.

»Wie komme ich voran?«, wollte er wissen.

»Willst du die Wahrheit hören?«

»Ah, so schlecht bin ich also«, sagte er gefasst.

»Nein! Du kommst gut voran, wir kommen sehr gut voran. Ich bin jeden Tag fester davon überzeugt, dass wir es schaffen werden.«

»Viel fehlt ja auch nicht mehr.«

Das war richtig. Die Zeit bis zu den Prüfungen wurde immer knapper. Ich ertrug den Gedanken nicht, dass danach unsere gemeinsamen Nachmittage ebenso vorbei sein würden wie der Sommer und das Freibad und dass er dann wieder nur der Bruder meiner Freundin sein würde, wir uns kurz im Flur begegnen würden, ein Hallo und Ciao austauschen würden, mit einer stillschweigenden und freundlichen Dankbarkeit für die Nachhilfe; eine Dankbarkeit, die mit der Zeit ebenfalls vorbeigehen würde, als wäre nie etwas geschehen. Aber was geschah denn in Wirklichkeit? Nichts. Es passierte gar nichts. Ein Typ gibt einem anderen jungen Typen Nachhilfe in Latein. Für ihn waren diese beiden Stunden sicherlich die schlimmsten des Tages. Warum sollte es auch anders sein? Wenn ich ihn während der Nachhilfestunde ansah und mich dieser Gedanke überfiel, konnte ich nicht verhindern, mich neben ihn zu setzen, ihn bei den Schultern zu packen und an mich zu drücken, als würde er mir sonst plötzlich davon flattern: »Mann, José, jetzt konzentrier dich mal! Das ist ein Akkusativ, merkst du das denn nicht?«, fuhr ich ihn an.

Trotz seiner Schüchternheit wehrte er diese Berührungen niemals ab, die er bestimmt als Zeichen einer unschuldigen Zuneigung interpretierte oder als Aufmunterungen oder wie auch immer. Mich ließen sie aufleben. Die zwei Stunden kamen mir jedes Mal kürzer vor, aber immerhin wusste ich, dass mich nach deren Ende ein neues Glück erwartete: der Augenblick nämlich, wo wir unsere Sporttaschen packten und ins Freibad gingen. Ana schaute mich seltsam an.

»Ihr kommt jedes Mal später«, sagte sie vorwurfsvoll.

»Uns bleiben noch drei Wochen. Wir müssen uns ranhalten.«

»Euch bleiben drei Wochen? Und ich dachte, er macht die Prüfungen.«

»Ja, ich weiß. Du verstehst schon, wie ich das meine«, sagte ich sachlich.

»Du nimmst das mit José ganz schön ernst, was?«

»Ich? Ach Quatsch! Aber wenn ich etwas mache, mache ich es richtig.«

»Aber seit zwei Wochen redest du von nichts anderem. Das fällt sogar Clara auf. Immer wenn wir irgendwo im Café sitzen und uns unterhalten, fängst du davon an, welche Fortschritte José macht, was José heute Nachmittag gelernt hat oder was er gestern Nachmittag verstanden hat oder vorgestern, oder du redest vom Gallischen Krieg oder von Felipe II. Das wird ein bisschen anstrengend, Javi. Hoffentlich macht dieser Knabe endlich bald seine Prüfungen …«

Ana konnte nicht wissen, dass ich wer weiß was dafür gegeben hätte, wenn die Prüfungen eine Woche verschoben worden wären oder auch zwei oder wenn sie überhaupt niemals stattfinden würden. Ich spürte, wie meine Nerven jeden Tag angespannter wurden. Jedes Mal wenn ich sie sah, wenn ich sie umarmte oder küsste, hatte ich das Gefühl, als würde ich blind auf einem schmalen Grat wandern.

Und an einem dieser Nachmittage im Freibad – wir kamen gerade aus dem Schwimmbecken – spürte ich, wie ich auf diesem schmalen Grat ins Wanken geriet. Wir gingen zu der Ecke des Bades, wo unsere Handtücher lagen. Ana und ich gingen Hand in Hand, als sie plötzlich stehen blieb. Sie stieß mich mit dem Ellenbogen an, grinste und bemerkte spitz: »Jetzt sieh dir das mal an! Der scheint ja wirklich Zeit für alles Mögliche zu haben.«

»Wer?«

»Na, wer schon? José! Und die Kleine sieht auch gar nicht schlecht aus, oder?«

Ich drehte mich um und da sah ich sie. José in seiner blauen Badehose saß auf der Rasenfläche neben den Tennisplätzen, im Schneidersitz, die Arme auf die Oberschenkel gestützt. Das Mädchen kniete neben ihm auf dem Rasen und trug einen schwarzen Bikini. Er hatte nur Augen für sie. Er redete mit ihr und lachte, während er sich durch sein langes dunkles Haar strich. José lächelte, wie ich ihn noch niemals hatte lächeln sehen. Ich spürte, wie sich etwas in meiner Brust zusammenkrampfte.

»Lass uns gehen«, bat ich.

»Was hast du denn?«

»Nichts. Komm, lass uns bitte gehen.«

»Aber wieso bist du denn plötzlich so komisch?«

»Ich bin überhaupt nicht komisch. Ich kann nur dieses Freibad nicht länger ertragen. Den ganzen Sommer kommen wir hierher wie die Lemminge. Jeden Nachmittag. Ich möchte jetzt einfach nur sofort weg von hier.«

»Na gut, meinetwegen gehen wir … Aber wo willst du denn hin? Um sieben Uhr abends? Ins Kino? Zu mir nach Hause?«

»Egal wohin. Nur nicht zu dir nach Hause. Komm, lass uns ins Kino gehen.«

Ich kann mich nicht mehr daran erinnern, welchen Film wir dann eigentlich gesehen haben.

Als ich am nächsten Tag um sechzehn Uhr das Zimmer von José betrat, war er – wie immer – schon am Lernen.

»Alles klar?«, fragte ich knapp.

»Hallo Javier, wie geht's?«

»Hast du die Übersetzung gemacht, die ich dir gestern gegeben habe?«

»Ich bin fast damit fertig«, sagte er stolz.

»Wieso fast?«

»Ich hatte nicht genug Zeit.«

Ich streifte ihn mit einem Blick. Er machte ein Gesicht wie ein Hund, wenn man ihn schlägt. Ich setzte mich an das andere Ende des Tisches und begann zu lesen.

»Ich glaube, ich habe dir schon hundert Mal gesagt, dass es im Lateinischen Präpositionen gibt, die je nachdem, ob sie mit Indikativ oder Konjunktiv verbunden sind, eine andere Bedeutung haben.«

»Stimmt. Entschuldige. Du meinst dieses cum, oder?«, fragte er.

»Was sollte ich sonst meinen?«, gab ich scharf zurück.

Ich las weiter oder tat, als würde ich lesen, und biss die Zähne zusammen. Das Blatt Papier zitterte in meinen Händen und ich konnte kaum die Buchstaben erkennen. Ich weiß nicht, wie viel Zeit so verging. Ich erinnere mich, wie ich plötzlich Josés Stimme vernahm, leise, fast erschrocken: »Javier … bist du sauer auf mich?«

Meine Augen durchbohrten ihn. Jetzt nicht, sagte ich mir, jetzt nicht!

»Habe ich irgendeinen Grund, auf dich sauer zu sein?«

»Keine Ahnung …«

»Ach, du hast keine Ahnung?«

Er war nicht in der Lage, meinem Blick standzuhalten. Ich erhob mich, drehte ihm augenblicklich den Rücken zu und schaute mit verschränkten Armen lange aus dem Fenster in den Hof hinaus.

»Ich hatte wirklich keine Zeit, die Übersetzung fertigzumachen.

Ich hab gestern bis spät drangesessen, aber dann musste ich noch ein bisschen Physik machen und …«

»Die Übersetzung ist gut. Und du weißt selbst, dass deine Übersetzung gut ist, das brauche ich dir nicht zu sagen. Abgesehen von diesem cum natürlich.«

»Aber …«, er war mittlerweile auch aufgestanden und blieb bewegungslos vor dem Tisch stehen, während ich ihm weiterhin den Rücken zudrehte, »aber was um alles in der Welt ist denn mit dir los? Habe ich dir etwas getan?«

Ich atmete tief durch die Nase ein.

»Was mit mir los ist? Soll ich dir sagen, was mit mir los ist?«

Ich wartete keine Antwort von ihm ab.

»Mit mir ist los, dass ich mir wesentlich mehr Sorgen um deine Prüfungen mache als du selbst. Mit mir ist los, dass ich Stunden damit verbringe, unsere Sitzungen hier vorzubereiten, Bücher rauszusuchen, Aufzeichnungen, alles Mögliche, nur um es dir so leicht und angenehm wie irgend möglich zu machen. Mit mir ist los, dass wir noch neun Tage bis zur Geschichtsprüfung haben und ich mit den Nerven völlig fertig bin, während du genug Zeit und genug … Laune hast, dich neun Tage vor deiner Prüfung mit einer Frau einzulassen, José! Du hast die Nerven, mit so einer bescheuerten Fünfzehnjährigen rumzumachen, gerade jetzt, wo du eigentlich hier eingeschlossen sein müsstest wie in einer Mönchszelle! Und dafür reiße ich mir den Arsch auf! Du wolltest wissen, was mit mir los ist? Na schön, jetzt weißt du es: Das ist mit mir los.«

Ich kam mir sofort wie ein Vollidiot vor. Ich belog ihn und wusste es. Eine bleierne Stille erfüllte den Raum. Ich hatte spontan eine unbändige Lust, dieses Zimmer zu verlassen, aber ich fühlte die Augen Josés auf meinem Nacken und das ließ mich innehalten.

»Aber ich habe mich nicht mit Beatriz eingelassen«, murmelte er. Ich nahm etwas Gebrochenes in seiner Stimme wahr. Ich antwortete ihm, ohne mich umzuwenden.

»Ich habe euch gesehen, wir haben euch gesehen, Ana und ich. Gestern im Schwimmbad.«

»Ich habe nicht mit Beatriz rumgemacht, ehrlich! Sie ist mir erst gestern Nachmittag vorgestellt worden. Ich habe mit ihr eine Viertelstunde geredet und bin gleich danach nach Hause gegangen«, rechtfertigte er sich. »Du … du kannst mir nicht unterstellen, dass …«

Ich schwieg. Im Hof waren zwei Tauben gerade in heftigstes Liebesspiel verwickelt. Der aufgeplusterte Täuberich lief mit gesenktem Kopf immer wieder um die Taube herum, die so tat, als wüsste sie gar nicht, wie ihr geschah. Ich erzitterte, als ich spürte, wie Josés Hand sich scheu auf meine Schulter legte.

»Javier …«

Ich drehte mich um und das gesamte Blut meines Körpers drückte mir auf den Bauch. Mein Gott, er weinte. José weinte wie ein kleiner Junge. Tränen rollten ihm über seine Wangen, während mich seine schwarzen Augen voller Schmerz ansahen.

»Du kannst nicht … Ich habe nicht … Ich …«

Und dann umarmte er mich. Um genau zu sein, er warf sich mir entgegen und ließ sich kraftlos fallen. Ich hätte sterben können vor Glückseligkeit. Er vergrub sein Gesicht an meinem Hals, umschlang mich mit seinen Armen und begann laut zu schluchzen. Dann bekam er einen Schluckauf und zitterte am ganzen Körper. Ich hielt es nicht mehr aus. Ich umfasste seine schmale Taille und drückte ihn an mich, wie ich noch niemanden an mich gedrückt hatte. Ich streichelte ihm lange über seinen Kopf, seinen Nacken, die Schultern. Ich konnte nicht verhindern, dass meine Lippen seine Haare erreichten, sein Ohr, die Unterseite seiner Wange. Er weinte weiter, völlig aufgelöst.

»Komm schon, José, nun beruhige dich.«

»Du kannst nicht behaupten, dass ich … du kannst nicht auf mich sauer sein …«, stammelte er.

»Ich bin doch gar nicht böse auf dich, José, was redest du denn da?«

Er nahm den Kopf von meiner Schulter und nun war er es, der meinen Kopf in beide Hände nahm und mir lange und tief in die Augen schaute, durch den Vorhang von Tränen hindurch. Sein Mund war zehn Zentimeter von meinem entfernt. Er japste mehrmals bei dem Versuch, sich zu beruhigen.

»Weißt du, ich kann es nicht ertragen, wenn du böse mit mir bist.«

Ich drückte meine Augenlider fest zu, konnte es aber doch nicht verhindern, dass nun auch mir die Tränen kamen. Wenn ich vor Glück sterben wollte, so hätte ich sofort tot umfallen müssen. Ich drückte ihn noch fester an mich, entzog mein Gesicht seinen Händen und streichelte seine Wange mit meiner Wange.

»Sag doch nicht so was, José!«

»Aber es ist doch die Wahrheit, ich schwöre dir, es ist die Wahrheit. Du weißt ja gar nicht, was du alles für mich machst, was du mir bedeutest, wie ich mich mit dir fühle …« Er begann erneut zu weinen und drückte seinen Kopf wieder an meine Schulter. So blieben wir beide stehen, fest umarmt, und weinten eine ganze Zeit lang, die ich gerne verewigt hätte. Nun sag es schon, dachte ich, wünschte ich mit all meiner Kraft, sag mir, dass du mich liebst, du Idiot, sag es mir und küss mich, bis ich einfach daran ersticke.

Allein er tat es nicht. Er beschied sich damit zu schluchzen, immer leiser, manchmal aufzuseufzen, und versuchte, sich zu beruhigen.

Ich fand, dass es der Versuchung des Himmels genug war. Mit einem Witz wollte ich ihn beruhigen, ihm sagen, dass wir die Unterrichtsstunde schwänzen und besser die Übersetzung beenden sollten, doch meine Lippen gehorchten mir nicht.

»Umgekehrt: Du weißt nicht, was du alles für mich tust«, hörte ich mich sagen.

Die ungeheure Unschuld seines Blickes, mit dem er mich ansah, sein verstrubbeltes Haar, dieses verheulte, tränenverschmierte Gesicht, auf dem sich ganz langsam ein zartes Lächeln abzeichnete, das schönste Lächeln, das die Welt je zu Gesicht bekommen hatte, ließen mich erzittern. Ich fühlte ein so großes Glück, das der Angst gleichkam. Plötzlich hatte ich eine Idee. Wie ein Blitz.

»Neulich hast du erzählt, dass du Berge magst …«, begann ich.

»Ja.«

»Kennst du die Picos de Europa?«

»Kaum. Ich glaube, als ich noch ganz klein war, war ich einmal mit meinen Eltern da.«

Ich fing an, ihm die Haare aus der Stirn zu streichen.

»Wenn du alle fünf Prüfungen schaffst, lade ich dich auf fünf Tage Zelten im Valle de Valdeón ein. Einen Tag für jede bestandene Prüfung. Wir beide.«

»Meinst du das im Ernst?«, er klapperte mit den Lidern; er sah aus wie ein kleines Kind vor der Bescherung zu Weihnachten.

»Ich verspreche es dir.«

»Aber ich hab gar kein Zelt.«

»Ich habe eins.«

»Aber ich hab gar keine Kohle und meine Eltern …«

»Ich habe gesagt, ich lade dich ein.«

»Aber mein Rucksack ist kaputt.«

»Du kannst einen von mir haben. Was ist? Hast du keine weiteren Einwände? Wenn du nicht willst …«

»Na klar will ich!«, rief er und umarmte mich noch einmal mit aller Kraft. »Ich bin nur so überrascht, dass ich …«

»Na dann sieh zu, dass sich die Überraschung legt, denn die Bedingung ist: Du musst alle fünf Prüfungen bestehen. Und dir bleiben noch – uns bleiben noch – neun Tage.«

Er schaute mich mit leuchtenden Augen an und biss die Zähne zusammen: »Du wirst schon sehen!«

»Los, an die Arbeit!«

Er lachte wieder und beendete die Umarmung.

»Gut … aber zuerst müsstest du mich loslassen, oder?«

Ich strubbelte ihm noch einmal durchs Haar, schüttelte seinen Kopf und berührte erneut sein Gesicht mit meinem Gesicht, kitzelte ihn, hob ihn in die Luft, während wir uns beide fast totlachten, und setzte ihn auf den Stuhl neben mir, ganz dicht neben mir, während ich die Papiere ordnete und uns zwei Zigaretten anzündete. José begann, zügig die lateinische Grammatik durchzuarbeiten, und ich – glücklich – ließ meinen Blick über die Wände, die Lampe, den alten, dunkel gebeizten Schrank hinaus durch das Fenster in die Spätnachmittagssonne schweifen.

In diesem Moment sah ich sie. Am offenen Fenster des Speisezimmers, das genau auf der anderen Seite des Hofes lag, stand sie. Dort stand Ana ganz still und warf mir einen eisigen Blick zu. Langsam nahm ich meine Hand von Josés Schulter.

»Wo könnte das mit dem cum stehen?«, fragte er.

Ohne den Blick von mir zu wenden, schloss Ana das Fenster. Dann drehte sie sich um und verschwand in Richtung der Galerie.

»Javier, wo steht das mit dem cum?«

Ich hörte eilige Schritte im Vestibül, dann fiel die Wohnungstür geräuschvoll ins Schloss.

»Steht's nicht im Kapitel über die Präpositionen?«

»Ja stimmt, da müsste es stehen.«

Ich steckte mir eine Zigarette an. Als ich sie im Aschenbecher ablegte, merkte ich, dass die vorherige in noch fast voller Länge vor sich hin qualmte.

»Steht das jetzt hier dabei?«

Ich zerdrückte die erste Zigarette im Aschenbecher.

»Nein, drei Seiten weiter. Präpositionen mit Konjunktiv.«

Ich legte José wieder meine Hand auf die Schulter.

Sie war eingemummelt in meinen alten Anorak und sprach kaum ein Wort. Ich rauchte pausenlos und schwieg ebenfalls. Die Nächte waren schon kühl, obwohl in den Park vor meinem Haus der intensive Geruch nach stehendem Wasser vom Fluss ebenso noch heraufstieg wie das Gequake der Frösche. Ana und ich gingen gerne nach dem Abendessen spazieren; da gab es Pärchen, die sich im Schatten der Bäume versteckten, und Leute, die Hunde ausführten. Bevor wir zur Brücke kamen, setzte Ana sich auf einen Steinvorsprung und schaute auf die gelben Lichter der Laternen. Nach einer Weile wandte sie sich mir zu. »Warum wolltest du, dass ich mir einen Bubikopf schneiden lasse?«

Ich antwortete nicht sofort.

»Weil du mir so besser gefällst.«

»Gefalle ich dir so besser, weil ich wie ein Junge aussehe?«

»Worauf willst du hinaus?«

Ich sah, wie ihre Unterlippe bebte. Das geschah immer, wenn sie sehr nervös war.

»Ich habe euch gesehen, Javi, vom Fenster aus.«

»Ja, ich weiß.«

»Ihr habt euch geküsst!«

»Das ist eine Lüge«, meine Stimme war messerscharf.

»Aber ich hab euch doch gesehen!«

»Du kannst nicht gesehen haben, wie wir uns küssten, aus dem einfachen Grund, weil wir uns nicht geküsst haben. So schlicht.«

»Und was habt ihr stattdessen gemacht?«

»Es sind noch neun Tage bis zu den Prüfungen und wir sind beide sehr angespannt. Ich habe mich über deinen Bruder aufgeregt, weil er eine Latein-Übersetzung nicht fertig gemacht hatte, und habe ihm Dinge gesagt, die ich nicht hätte sagen sollen. Er war ganz aufgelöst und hat mich umarmt. Am Ende heulten wir beide wie die Schlosshunde. Das war es, was du gesehen hast. Und mehr konntest du nicht sehen, weil mehr nicht war.«

Ana wischte sich mit dem Anorakärmel eine Träne ab. »Sagst du mir die Wahrheit?«

Ich setzte mich neben sie und nahm ihre Hand.

»Erinnerst du dich, was ich dir an meinem Geburtstag gesagt habe, als wir vom Moped abgestiegen sind?«

»Ja. Dass du nie lügen würdest.«

»Genau.«

Sie seufzte und begann in den Jackentaschen nach Tabak zu suchen.

»Na gut, dann sag mir jetzt eins: Stehst du auf Jungs?«

Ich habe dir gerade gesagt, dass ich dich nicht belügen werde. Also wenn du mich liebst, wirst du mich nehmen müssen, wie ich bin, dachte ich. Meine Hände schwitzten.

»Es gibt Jungs, die mir gefallen, aber nicht alle. So wie mir auch nicht alle Frauen gefallen, sondern nur bestimmte.«

»Ach so. Verstehe.«

Sie heulte nicht, sie schrie nicht, sie sah mich nicht einmal an. Sie blieb still neben mir sitzen, mit einem ausdruckslosen Gesicht, den Blick irgendwo in der Ferne verloren.

»Hast du schon mal mit einem Jungen geschlafen?«

»Ja, hab ich.«

»Mit José?«

»Nein. Mit José nicht.«

»Na gut«, sie atmete tief durch, »ich habe auch schon mal mit einem Mädchen geschlafen.«

Sie sagte das mit völlig ruhiger Stimme. Mir verschlug es den Atem.

»Wunderst du dich?«, fragte sie lächelnd.

»Na ja … also … mir wäre das – offen gestanden – nie in den Sinn gekommen.«

»Mir wäre es auch nie in den Sinn gekommen, dass du dich in diesen Trottel von meinem Bruder verlieben könntest, Javi.«

»Dein Bruder ist kein Trottel. Dein Bruder fühlt sich von allen verachtet, vor allem von dir, und leidet darunter ganz schrecklich, weil er ein so großes Herz hat.«

»Und deshalb hast du dich in ihn verliebt?«

»Wie kommst du denn darauf?«

Ana drehte sich zu mir, nahm meine beiden Hände in ihre und schaute mich an. Ich sah in ihren Augen, dass sie alles versuchte, um ihre aufsteigende Angst zu verbergen.

»Javi, liebst du mich?«

»Natürlich liebe ich dich. Ich liebe dich sehr. Wie kannst du mich denn so etwas fragen?«

»Und … Fühlst du dich mit mir wohl? Ich meine, gefalle ich dir?«

Ich muss ein Gesicht wie ein Schwerverbrecher gemacht haben, denn Ana erschrak.

»Aber was machst du denn? Javi!«

»Komm her!«

Ich zog sie an mich. Ein paar Meter entfernt gab es eine Baumgruppe, wo es fast völlig dunkel war. Ich legte sie dort mit einem Satz auf das weiche Moos und begann sie wild und wütend zu küssen, während ich ihr die Bluse auszog, den BH vom Leibe riss und dann erst ihre und danach meine Jeans aufknöpfte.

»Javi, bitte! Lass mich! … Du tust mir weh! … Hör auf, du Idiot, hier können uns alle Leute sehen …«

»Sollen sie uns doch sehen!«

»Aber …«

»Damit es alle ein für alle Mal kapieren und du als Erste!«

Ich legte mich auf sie und drang mit einem Stoß in sie ein. Ich hörte ihren Schrei, achtete aber nicht auf sie. Ich begann, mich wutentbrannt in ihrem Inneren abzureagieren. Ich hielt so lange durch, bis ich sie stöhnen hörte, spürte, wie sie ihren Rücken durchbog und ein Zittern sie von oben bis unten durchlief. Aus ihrem Mund drang ein langes erregtes Röcheln. Da spritzte ich ab. Wir sackten, heftig atmend, auf dem Boden zusammen, während ich immer noch in ihr steckte.

»Ich glaube, ich habe kein Taschentuch dabei.«

»Ich schon. Moment. Ich hab's in meiner Hosentasche.«

Halb bekleidet lagen wir umarmt auf dem feuchten Moos, schauten schweigend in den Sternenhimmel zwischen den Baumkronen, während wir wieder zu Atem kamen. Ganz dicht auf der anderen Seite der Steinmauer ging jemand schnellen Schrittes vorüber, ohne uns zu bemerken. Ana legte ihren Kopf auf meine Schulter und streichelte meine nackte Brust.

»Javi …«

»Ja, mein Engel?«

»Du hast dich also in José verliebt, stimmt's?«

Das Gequake der Frösche wurde immer leiser. Ich hörte in der Ferne eine Sirene, Hundegebell und das gedämpfte Rauschen des Flusses.

»Ich glaube, ja«, murmelte ich.

»Wie? Nach Salamanca?«

»Ja, mit Clara und Pepo zu ihrer Mutter … Sie hat mir doch gesagt, dass sie es dir gesagt hat! Bei meinem Töchterchen weiß man manchmal einfach nicht, was in ihr vorgeht!«

Anas Mutter konnte sich nicht erklären, wie es möglich war, dass sie vergessen hätte, sich von mir zu verabschieden.

»Nun gut. Sie wird sich schon melden oder ich rufe sie einfach an. Ich muss in einer Minute los, José wird schon auf mich warten«, beendete ich das Thema.

»Ja, er sitzt da und lernt … Ach Javier, mein Junge, was du alles für diesen Bengel tust. Wenn er es mit deiner Hilfe nicht schafft und wieder durchfällt, weiß ich auch nicht, was ich noch machen soll …«

»Ich tue gar nichts. Der, der paukt, ist er! Und außerdem muss er erst einmal durch diese Prüfungen, noch haben wir nicht gewonnen.«

»Natürlich, mein Junge, aber wenn er besteht, dann dank deiner Mühe!«

»Ach was! Dank seiner Mühe! Also, ich muss los.«

»Aber natürlich, Javier, mein Junge. Mach es gut!«

Ich verbrachte diese acht Nachmittage, praktisch ohne Josés Zimmer zu verlassen. In der letzten Nacht vor seiner ersten Prüfung schlotterte José vor Angst und wusste gar nichts mehr. Er verwechselte Richelieu mit Mazarin, Ludwig XIV. mit Ludwig XVIII. und Austerlitz mit Waterloo. Je mehr ich ihn abfragte, desto mehr packte ihn eine panische Angst.

»Lass uns noch mal von vorne anfangen, Javier. Ich erinnere mich an gar nichts mehr. Ich kann überhaupt nichts!«

»Du kannst sehr wohl alles! Was du brauchst, ist Schlaf.«

»Nein, Mann. Ich muss das alles noch mal wiederholen. Vom Russlandfeldzug hab ich keinen Schimmer!«

»Du weißt über den Russlandfeldzug fast so viel wie Napoleon selbst!«

»Nein, ich schwöre es dir.«

»Und fast so viel wie ich, der ich nach diesem Sommer einiges über Napoleon dazugelernt habe.«

Er lachte. Als ich sein Lachen sah, schoss mir blitzartig eine Idee durch den Kopf. Wieso kamen mir immer die Einfälle, wenn ich ihn lachen sah?

»Deine Prüfung ist morgen um vier, oder?«

»Richtig.«

»Hast du deine Sportsachen hier?«, fragte ich.

»Ja logo.«

»Na, dann pack sie zusammen und lass uns gehen.«

»Um diese Uhrzeit? Wohin denn überhaupt?«

»Die Beresina überqueren. Und zwar ohne dass die Russen etwas bemerken!«

José war so verwirrt, dass er überhaupt nichts mehr verstand. »Wohin?«

»Ins Freibad. Keinen Bock auf'n Sprung ins kühle Nass?«

»Aber es ist halb drei Uhr nachts!«

»Na, umso besser«, erwiderte ich, »um diese Zeit sind die Russen sicher alle am Schlafen.«

Er sah mich mit großen Augen an, den Kopf schüttelnd und mit offenem Munde lächelnd. Ich strubbelte ihm durchs Haar. Eine halbe Stunde später saßen wir beide in Badehose auf dem äußersten Rand des Sprungbrettes und rauchten. Unsere Füße baumelten zwei Meter über der dunklen Masse des Wassers. Außer uns war hier keine Menschenseele. Wir waren über das Eingangsgitter gestiegen und hatten uns auf dem Rasen umgezogen. Die hellen Laternen der Terrasse, die die ganze Nacht brannten, erhellten gerade noch schwach die weiter entfernten Rasenflächen und die Hecke. Uns umhüllte hier oben das Halbdunkel, in dem nur die Glut unserer Zigaretten leuchtete. Der Himmel war bezogen. José rauchte in langen Zügen.

»Geht's dir gut?«, wollte ich wissen.

»Klar, mir geht's sehr gut.«

»Ist dir nicht kalt?«

»Kalt? Ach Quatsch. Es ist doch überhaupt nicht kalt.«

»Gut. Dann fangen wir jetzt an.«

»Womit fangen wir an?«

»Wolltest du nicht noch mal alles wiederholen?«

»Hier? Sag mal, spinnst du?«

»Du fragst mich und ich frage dich. Der Erste, der sich irrt, geht baden.«

José lachte auf, warf die Zigarette ins Leere und zündete sich sofort eine neue an.

»Wiener Kongress.«

»Pah, das fragst du mich ja jeden Tag«, lachte er. »Achtzehnhundertvierzehn.«

»Der Monat, José, der Monat!«

»Ach so, September.«

»Gut. Der Ideologe der Einigung Italiens.«

»Hey! Jetzt bin ich dran!«

»Ah ja, stimmt. Na dann, frag mich!«

»Hm ... Keine Ahnung, sonst fragst du mich ja immer ... Warte mal, La Fayette.«

Ich seufzte.

»La Fayette war ein französischer General, der im amerikanischen Unabhängigkeitskrieg für die Nordamerikaner kämpfte, die damals noch ein ganz langweiliges Volk waren und ihre Zeit mit Beten verbrachten«, ich nahm einen tiefen Zug an der Zigarette. »Ein Romantiker in einer Epoche, in der es noch gar keine Romantiker gab, José. Ein Idealist. Stell dir Che Guevara im roten Kasack mit Goldknöpfen vor. Einer, der die Freiheit über alles liebte; einer, der von einer Welt träumte, in der die Menschen vor allem eines waren: glücklich. Frei und glücklich, José. Einer, der nachts um drei gekommen wäre, um sich mit dir und mir aufs Sprungbrett des Freibades zu setzen.«

Ich zog meine Beine an und kreuzte sie vor mir auf dem groben Gewebe, welches das dicke Sprungbrett einfasste, und lehnte mich mit meinem Rücken gegen seinen nackten Rücken und ließ meinen Kopf langsam so weit nach hinten sinken, bis mein Nacken an seinem Nacken ruhte.

»Und?«

José antwortete nicht.

»O.k. Ich erkläre die Antwort für gut. Mal gucken ... der Vertrag von Utrecht«, setzte ich die Abfragerei fort.

Ich spürte, wie José sich die Zigarette an die Lippen führte, langsam den Rauch ausstieß und leicht hustete, ohne seinen Kopf von meinem zu trennen.

»José, sag jetzt nicht, dass du dich nicht an den Vertrag von Utrecht erinnerst.«

»Du bist der beste Freund, den ich je hatte«, flüsterte er.

Die Lichter der Stadt warfen ihren Schein auf die Unterseite der Wolken. Ein fernes Rauschen kündete über unseren Köpfen vom Wind, der die Blätter der Pappeln bewegte. Ich schloss die Augen.

»Falsche Antwort«, sagte ich und gab José einen kleinen Schubser. Inmitten der Stille der Nacht klang der Klatscher, mit dem José ins Wasser fiel, wie ein Kanonenschlag. Es dauerte einen Moment, bis Josés Kopf wieder an der Oberfläche zum Vorschein kam. Er ruderte unter mir mit den Armen.

»Und wie ist die Beresina?«

»Du kannst was erleben, wenn ich dich zu fassen kriege!«, schnaubte er. »Siebzehnhundertdreizehn!«

»Was redest du da?«

»Siebzehnhundertdreizehn! Der Vertrag von Utrecht! Und wir haben Menorca und Gibraltar verloren«, er spritzte mit der Hand mit Wasser nach mir. »Warte, bis ich oben bin, dann werd ich's dir zeigen!«

»Du willst Krieg, ja? Na dann pass gut auf, Bonaparte, hier kommen die Russen …«

Ich machte einen Kopfsprung. Das Wasser war überraschend warm. Ich tauchte neben ihm ein, tauchte in der blauen Dunkelheit nach seinen Füßen, packte die Fesseln und zog ihn nach unten. Er wirbelte herum und griff mich um die Taille. Wir rangen einige Sekunden miteinander. Seine Haut fühlte sich unter Wasser an wie Seife. Wir kamen zurück an die Oberfläche und schnappten lachend nach Luft.

»Und welcher König regierte?«, rief ich und manövrierte mich genau vor ihn.

»Wo?«

»Na, wo wohl? Hier!«

»Na …«, schnaufte er und versuchte, wieder zu Atem zu kommen, » … Ferdinand VII.«

»Mist«, fauchte ich, »du weißt doch alles, du Depp!«

Ich stieß ihn mit einem kräftigen Druck auf die Schultern gen Grund und kraulte sofort ganz schnell zum anderen Ende des Beckens. Aber José schwamm wie eine Wasserratte. Ich spürte, wie er mich einholte, mir die Füße festhielt, mich unter Wasser zog und das Wettschwimmen gewann. Als ich zum Beckenrand kam, erwartete er mich dort seelenruhig, mit angewinkelten Armen auf die Kacheln gestützt. Wir hatten beide Boden unter den Füßen und ich stellte mich neben ihn, schwer atmend.

»Mit Geschichte kennst du dich ja vielleicht aus, aber im Schwimmen bin ich besser, was?«

»Das kommt nur von der vielen Qualmerei.«

Er sagte nichts. Kurz darauf wandte er mir sein Gesicht zu. Die Lichter der Terrasse, nun näher, erleuchteten die eine Hälfte seines Kopfes, sein Gesicht, seine nassen Haare, die Tropfen, die von seiner Haut perlten, sein Lächeln.

»Und die Antwort war korrekt«, sagte er.

»Welche?«

»Die ich dir gegeben habe«, murmelte er, »dass du der beste Freund bist, den ich habe.«

Ich lächelte.

»Nein, José«, meine Stimme klang ruhig, »wenn überhaupt, vielleicht der zweitbeste. Denn der beste Freund, den du hast, bist du selbst.«

Ich sah, ich erriet, wusste, dass er feuchte Augen hatte. Er nahm die Arme vom Beckenrand, schwamm vor mich und begann mich langsam zu umarmen: Er legte einen Arm um meine Taille und den anderen um meinen Hals und drückte mich sanft an seinen warmen Körper. Ich weigerte mich, weiter dagegen anzukämpfen. Ich umarmte ihn meinerseits zärtlich und begann, seinen Rücken zu streicheln, dessen Haut unter Wasser so weich und glatt war. Ich ließ meine Hand langsam zwischen seinen Schultern und seiner Taille wandern, ohne mich weiter zu trauen. Plötzlich, als ich meine Position veränderte, um das Gewicht meines Körpers auf den anderen Fuß zu verlagern, spürte ich einen Druck an mir. José hatte eine Erektion in seiner blauen Badehose. Er bemerkte auch meine Erektion und verharrte ganz still. Ich streichelte weiterhin seinen Rücken, wurde dabei aber immer langsamer.

»Javier«, sagte er mit rauer Stimme.

»Ja.«

»Du zitterst.«

»Ich weiß. Du auch.«

»Sollen wir rausgehen?«

Ich seufzte tief, schloss meine Augen und stützte meine Stirn auf seine Schulter.

»Nein.«

»Es ist bestimmt schon nach vier. Was sag ich nur meiner Mutter?«

Sag ihr, dass du diese Nacht mit mir umarmt im Wasser verbracht hast, dachte ich. Sag ihr, wie du mich begehrt hast und ich dich begehrte, obwohl du dich nicht getraut hast, es mir – geschweige denn dir selbst – gegenüber zugeben. Sag ihr, dass du mich geküsst hast, mich mit Küssen fast erstickt hast, dich in meinem Hals verbissen hast, bis ich schrie; dass du mich gestreichelt hast, dass wir beide nackt über den Rasen kugelten. Sag deiner Mutter, dass wir uns unter einer dieser hellen Laternen geliebt haben, sag ihr, dass du mich liebst, dass du jede Sekunde leidest, die du nicht mit mir verbringen kannst, dass du für mich bereit wärst zu sterben. Sag deiner Mutter, dass …

»Du hast recht«, flüsterte ich ihm ins Ohr, »wir sollten uns mal abtrocknen gehen. Morgen sind deine Prüfungen und du musst schlafen.«

»Hör mal, wenn du gerne möchtest, bleiben wir noch ein bisschen.«

»Nein, José«, ich nahm seine Arme von meinem Hals, trennte ihn zärtlich von mir, kämmte ihm mit meinen Fingern die nassen Haarsträhnen aus der Stirn, streichelte ihm das Kinn und lächelte ihn an: »Viel steht morgen auf dem Spiel. Komm, wir gehen nach Hause. Wir haben noch genug Zeit füreinander.«

Wir kamen aus dem Wasser und gingen in Richtung der Ecke, in der wir unsere Taschen und Handtücher gelassen hatten.

»Und besser ist es, wenn du genauso gut laufen kannst, wie du schwimmst«, lachte ich, »denn in den Picos de Europa wirst du mich dann nicht einfach kurz unter Wasser drücken können.«

»Na ja, vorher muss ich erst mal bestehen.«

Ich packte ihn am Arm und hielt ihn mit einem Ruck fest.

»Du wirst bestehen«, sagte ich mit verhaltener Wut, »du wirst alle fünf Prüfungen bestehen oder es passiert was, was ich mir nie verzeihen würde.«

»O.k., o.k.«, er lachte, »wenn du es sagst …«

»Das sage ich«, meine Stimme klang überraschend knurrend, »und das meine ich auch so.«

Wir zogen uns an. Auf dem Weg zu ihm nach Hause, als wir den Park am Fluss durchquerten, sah ich Schatten durch die Dunkelheit huschen. José schien dies nicht aufzufallen. Als wir vor seiner Haustür ankamen, war es zehn vor fünf.

»Also, der große Tag ist gekommen«, lächelte ich.

»Ja.«

»Geht's dir gut?«

»Na klar«, er lächelte mich an und sah mir in die Augen.

»Besser als eben, als wir losgegangen sind?«

»Ich denke schon«, er schwieg einen Moment und stupste mich leicht an die Schulter. »Was für ein Glück hat Ana, jemanden wie dich zu haben.«

Auch ich sah ihn an. Ich wusste nicht, was ich antworten sollte. Ich nahm seine Hand und drückte fest zu.

»Na los, Bonaparte«, ich versuchte zu lächeln, »die Russen stehen früh auf und du brauchst noch ein bisschen Ruhe, denn die verstehen keinen Spaß. Marsch ins Bett!«

Er machte eine zustimmende Kopfbewegung.

»Bis morgen, Javier.«

»Bis morgen, Kleiner.«

Er blieb stehen, als wartete er auf etwas.

»Wünschst du mir nicht Glück?«

»Nein, das brauchst du nicht. Los, ab nach Hause!«

Sein Lächeln, seine vertraute Handbewegung zum Abschied, dann schloss sich die Glastür vor mir. Ich kalkulierte, wie lange er brauchte, bis er oben in der Wohnung angekommen war, stellte mir vor, wie er mit federndem Schritt immer zwei Stufen nehmen würde, so wie er es immer tat. Ich ging auf die andere Straßenseite, lehnte mich an die Hauswand und zündete eine Zigarette an. Das Licht im Zimmer wurde angeschaltet, ein, zwei Minuten, dann Dunkelheit. Ein unerträgliches Gefühl von Einsamkeit, von Scham, Scheitern und Durst überkam mich. Scheiße. Ich warf die Zigarette weit weg. Das ist alles eine verdammte Scheiße und ich bin ein Stück Scheiße.

Ich lief schnellen Schrittes nach Hause, öffnete die Haustür, versteckte die Tasche mit den Schwimmsachen hinter der Gittertür des Fahrstuhls, ordnete mir vor dem Spiegel im Hausflur etwas die Haare und ging wieder hinaus in die frische Nachtluft. Ich überquerte entschlossen die Straße, lief einige Meter über die hell erleuchtete Avenida und tauchte in die Dunkelheit des Parks ein. Ohne zu zögern, durchquerte ich die dichten Baumgruppen bis zum anderen Ende und lehnte mich an die Steinmauer unten am Ufer. Die Lichter auf der anderen Seite des Flusses spiegelten sich im Wasser, weit weg. Ich wartete, bis sich meine Augen an die

Dunkelheit gewöhnt hatten. Ich setzte einen Fuß angewinkelt an die Mauer und zündete eine Zigarette an.

Hier und da begann ich, schwarze Silhouetten zu erkennen, die im Schutze der Dunkelheit langsam umherwandelten, sich manchmal kreuzten und manchmal verschwanden. Einer der Schatten schien sich dicht hinter einem nahe gelegenen Zaun zu befinden. Ich beobachtete ihn. Er kam ganz langsam in meine Richtung. Als er an mir vorbeikam, nur ein paar Meter entfernt, konnte ich ihn erkennen. Es war ein Mann von ungefähr fünfzig oder sechzig Jahren, dick, mit Brille. Er lächelte mir zu. Ich wandte meine Augen ruckartig von seinem Blick ab und schaute nach rechts: Es gab nichts Traurigeres als einen armen Alten in Lederjacke und engen Hosen. Der Mann blieb etwas entfernt links von mir stehen, nahe der Brücke, lehnte sich auch an die Steinmauer und hörte nicht auf, mich anzuschauen. Ich rauchte weiter.

Ein paar Minuten später tauchte ein weiterer Schatten auf. Dieser ging an uns vorüber, sah mich aus den Augenwinkeln an und machte es sich auch auf der Steinmauer bequem, nur ein paar Meter rechts von mir. Er war so um die zwanzig, blond, mit einer langen Strähne, die ihm die Stirn und fast das linke Auge bedeckte. Er trug offenbar absichtlich zerschlissene Jeans und unter der Jeansjacke sah man seinen nackten Oberkörper. Den Blick fest auf die Lichter der Avenida geheftet, sah er mich kein einziges Mal richtig an.

Es war nur eine Sekunde. Ich hörte die Schritte des Alten auf mich zukommen und entschloss mich, langsam zu dem Jungen rüberzugehen. Ich stellte mich direkt vor ihn.

»Hast du Feuer?«

»Ja, aber du rauchst doch schon, Mann.«

»Ich weiß.«

Er lachte. Ich erriet mehr, als ich sah, ein schönes Gesicht. Ich hatte den flüchtigen Eindruck, dass ich dieses Gesicht zuvor schon einmal gesehen hatte.

»O.k., o.k. Aber du musst mir 'n bisschen aushelfen, ja? Du weißt schon … 'ne kleine Unterstützung, so zwei oder drei Scheinchen …«

Dieser raue Ton, professionell, beleidigend. Ich nahm einen langen Zug an der Zigarette und warf sie dann weg.

»Du weißt genau, dass um diese Zeit hier niemand auch nur einen einzigen Schein bei sich hat …«

»Der da hinten hat sicher Kohle dabei!«

»Wer?«

»Der, der hinter dir her ist.«

»Ja, bestimmt. Dann nimm doch den. Tschüss.«

Ich drehte mich um und ging in Richtung der Baumgruppen.

»Hey, hey, wart mal! Jetzt sei doch nicht gleich sauer, Mann!«

Er sprang von der Steinmauer und kam hinter mir her.

»Bist du sicher, dass du keine Kohle mithast? Mir geht's echt dreckig, Mann!«

»Mir geht's noch viel dreckiger. Wenn du wüsstest!«

Er guckte mich von oben bis unten an und drehte dann den Blick von links nach rechts.

»Weißt du, Alter, ich steh nicht auf Typen.«

»Ja, ich merk schon.«

»Ich hab 'ne Freundin, Mann, meine Braut, ey. Aber ich brauch die Kohle.«

»Tja, tut mir leid, Junge. Hier sind ja noch mehr Leute, bestimmt ist da etwas für dich dabei.«

Er blieb stehen, die Daumen in die Taschen seiner kaputten Jeans eingehakt.

»Haste noch 'ne Kippe?«

Ich gab ihm eine. Als ich sein Gesicht mit dem Feuerzeug anleuchtete, sah ich, dass er mich anschaute und lächelte. Er zog mit einer Heftigkeit an der Zigarette wie jemand, der seit Stunden nicht mehr geraucht hatte.

»Weißt du, wo wir hingehen können?«, fragte er.

»Nein, du?«

Er schwieg einen Moment und schaute zur Baumgruppe hinüber.

»Komm mit«, sagte er, »da hinten gibt's 'ne Stelle …«

Er ging los. Ich folgte ihm, achtete jedoch darauf, mit ihm nicht auf einer Höhe zu gehen. Die Stelle war eine übel riechende und dunkle Ecke hinter einem gelb gestrichenen Betonhäuschen. Vor diesem Gebäude bis zum erleuchteten Gehsteig der Avenida weiter hinten erstreckte sich ein kleiner asphaltierter Platz, auf dem im Sommer die Schulkinder Gokart und Fahrrad fahren lernten.

»Hier können wir in Ruhe rummachen, Mann.«

Er lehnte sich mit dem Rücken gegen die Wand. Es roch nach Urin. Ich stellte mich neben ihn, ohne ihn anzuschauen.

»Was ist? Gefall ich dir nicht?«

»Doch, du gefällst mir.«

»Und was ist dann? Biste noch sauer wegen der Kohle?«

Ich atmete tief ein, drehte mich um und umarmte ihn. Ich küsste ihn auf den Hals.

»Na! Bist wohl voll einer von der romantischen Sorte, was?«

Ich streichelte ihm gierig über den Rücken, seine zarte Brust, seinen Bauch und seine Schultern, ohne aufzuhören, ihn zu küssen. Seine Jeansjacke fiel zu Boden. Ich drückte meine Hüften gegen seine und fühlte sofort seinen steifen Schwanz. Ich fuhr mit meinen Händen in seine Hose, seine kleinen Arschbacken spannten sich plötzlich. Dann, mit einer heftigen Bewegung, küsste er mich auf den Mund. Ich spürte, wie seine Zunge sich fast bis in meinen Hals schob. Ich gab den Kuss mit Vehemenz zurück, biss in seine Lippen, rieb sie an meinen, fuhr mit meiner Zunge unter seine Zunge, bespeichelte sein Kinn, lutschte daran und schob ihm meine Zunge, so tief es ging, in den Rachen, während er mir mit fahrigen Fingern das Hemd öffnete und das Gleiche mit seiner Hose tat.

»Ey, Alter, du küsst ja voll geil. Mach weiter, du machst mich total heiß …«

Ich merkte, wie seine Hand in meinen Schritt packte und plötzlich überrascht innehielt.

»Was ist denn los mit dir?«

»Keine Ahnung.«

Die Lichter auf der anderen Uferseite ließen mich seinen Blick erkennen. Er lächelte traurig. Dann gab er mir einen kleinen Kuss auf die Lippen.

»Du denkst an jemand anders, was?«

Ich nickte. Er zögerte einen Moment und begann dann, ganz langsam mit seinem Handrücken meine nackte Brust zu streicheln.

»Sollen wir's lieber lassen?«

»Nein.«

In meinen Brusthaaren fühlte ich, wie sich seine Fingerknöchel bewegten, dann seine Hand, schließlich sein Unterarm, der von oben bis unten über meinen Oberkörper glitt.

»Wie du willst, Mann.«

Langsam knöpfte ich meine Jeans auf und ließ sie runter auf meine Waden fallen. Dabei sah ich ihm in die Augen. Ich legte ihm die Hände auf die Schultern.

»Bring den mal in Form«, flüsterte ich, »du weißt ja sicher, wie das geht.«

Er grinste und ging in die Knie. Ich schloss die Augen und hatte sofort das nasse Gesicht Josés vor mir, wie es mich eben gerade im Schwimmbad angesehen hatte. Der Junge nahm meinen Schwanz vorsichtig in den Mund. Und er wusste ganz genau, was er zu tun hatte. Die Zunge glitt ganz leicht über die Schwanzspitze und umkreiste meine Eichel; der Mund, der sich öffnete und mein Glied ganz in sich aufnahm und so langsam daran lutschte, dass es mir heiß und kalt den Rücken herunterlief; seine Nase, seine Stirn und seine Haarsträhne streichelten dabei über meinen Bauch, verloren den Hautkontakt, um mich sofort wieder warm zu berühren. Die Hitze und Feuchtigkeit, die ich in meinem Inneren aufsteigen fühlte, seine Hände, die meine Pobacken streichelten, die nun harte Halbkugeln waren; seine Lippen und seine Zunge, die ab und zu über meine Eier leckten und sie neckten, in meinen Schamhaaren wühlten, um sofort wieder meinen Schwanz zu verschlingen; José, wie er mich im Schwimmbecken umarmte, sein steifes Glied unter seiner blauen Badehose, das plötzlich mein Glied berührte, meine Hände, die von seinem Hals hinunter zu seinen Hüften glitten. José, wie er mich anschaute; José, wie er mich umarmte.

Der Junge hustete plötzlich und unterdrückte einen Brechreiz.

»Ey, Alter, wie tief willste mir dein Ding noch reinstoßen?«

»Bitte mach weiter!«

Mein speichelnasser Schwanz ragte steil in Richtung Sternenhimmel.

»Aber spritz noch nicht ab, ja?«

»Keine Angst. Mach weiter.«

»Ey, du hast ja keine Ahnung, was du fürn Teil hast, ey. Und das, wo es erst gar nicht richtig wollte …«

Er blies weiter, schneller jetzt, rhythmischer, während er mir dabei die Eier befummelte. Wenn du gerne möchtest, bleiben wir noch ein bisschen, hatte José gesagt. Warum hatte ich mich nicht getraut? Warum musste ich seine Angst, sein Zittern merken? Warum habe ich nicht den Schritt gemacht, den er vielleicht (vielleicht?) von mir erwartet hatte? Ich konnte sein Gesicht sehen, ich konnte jeden Millimeter seines Gesichts eine Handbreit von meinem entfernt sehen. Woher sollte ich wissen, ob er einen Kuss erwartete, während meine Hand, unter Wasser, kaum merklich seinen Rücken streichelte. Ich spürte, wie meine Knie schwach wurden, wie sich mein Kopf vernebelte.

»Stopp«, ich hielt mit beiden Händen den Kopf des Jungen fest. »Wart mal, es ist zu früh, um nach Hause zu gehen.«

Der Junge kicherte kurz und stand auf. Ich fasste ihm unter die Achseln, stellte ihn an die Wand und ging vor ihm in die Hocke. Sein Schwanz, gerade, nicht zu lang und nicht sehr dick, schien kurz vor dem Abschuss zu stehen. Ich begann, ihm die Eier einzuspeicheln, langsam mit meiner Zunge um sie herumzufahren, berührte sie einmal nur mit der Zungenspitze, ein anderes Mal leckte ich sie breit mit der gesamten Zungenfläche. Dann nahm ich seinen Schwanz in meinen Mund. Er schmeckte salzig. Ich fing an, meinen Kopf langsam zu bewegen: Meine Lippen umschlossen die Spitze seines Schwanzes und schoben sich dann weiter vor, wie ein Ring, der Millimeter für Millimeter seines Schwanzes mit festem Druck umspannte, bis meine Gurgel spürte, dass etwas in sie eindrang, und sich gehorsam öffnete. Dann glitt mein Mund wieder zurück und wieder nach vorn, legte etwas an Tempo zu. Ich begann, ihm den Bauch zu streicheln, die Brust, die steifen Brustwarzen, die Hüften; ohne mit meinem Mund innezuhalten, ließ ich meine Finger über seine Schenkel, seine kleinen festen Eier und die enge Stelle zwischen ihnen und seinem Loch wandern. Ich spürte, wie sein ganzer Körper zu zittern begann und sich seine Hände in meinen Haaren verkrampften.

»Oh Mann … ja, ey, voll geil, ey …«, keuchte er, »mmhh ja … geil …«

Ich wischte mit dem Handrücken den Speichel ab.

»Willst du schon abspritzen?«, fragte ich.

»Lang halt ich's nicht mehr aus, ey …«

»Und … sonst fällt dir nichts weiter ein?«

Unsere Blicke kreuzten sich von oben nach unten.

»Ey, das kommt drauf an, was dir noch so einfällt …«, sagte er schelmisch.

Daraufhin packte ich ihn bei den Hüften, drehte ihn um und zwang ihn, die Beine breit zu machen. Ich öffnete mit beiden Händen seine Arschbacken und versenkte meine Zunge in ihm, so tief es ging. Er heulte auf, stöhnte, Gesicht und Arme gegen die schmutzige Betonwand gedrückt. Ich drückte mein Gesicht mit wütender Lust gegen das harte, warme Fleisch und bohrte meine Zungenspitze in das feuchte, herbe Loch, das sich mehr und mehr entspannte, dehnte und immer gieriger wurde. Ich griff um ihn herum nach vorne, packte seinen Schwanz und begann ihn zu wichsen. Ich merkte bald, wie er mit seiner Hand meine festhielt.

»Immer mit der Ruhe, Alter, oder willste mich fertig machen?«

Er drehte sich um, mit offenem Mund keuchend, und ließ mich aufstehen. Seine Haare waren zerwühlt und er sah sehr viel schöner aus als zuvor. Ich erschauderte, als er mir die Eier streichelte, mein Schwanz war knüppelhart. Dann, mit einer schnellen Bewegung, zog er seine schmutzigen Sneakers aus und auch seine kaputten Jeans. Völlig nackt drehte er mir seine Rückseite zu, beugte sich über die Steinmauer mit dem Gesicht zum Fluss und machte die Beine vor mir breit.

»Los Alter, mach schon, ey. Aber vorsichtig, ja?!«

»Hier kann man uns von überall her sehen.«

»Ist doch scheißegal, ey, die sollen sich ficken, ey. Um diese Zeit ist sowieso kein Arsch mehr unterwegs. Und jetzt mach schon, Alter! Aber verteil 'n bisschen Rotze auf deinem Teil, ey, ja?!«

Ich spuckte mir in die Hand, benetzte erneut die Spitze meines Schwanzes und das entspannte, warme Loch. Als ich mit meiner prallen Eichel das erste Mal gegen sein Loch drückte, verkrampfte sich der Junge.

»Vorsichtig, Alter, vorsichtig!«

»Ich bin ganz vorsichtig. Entspann dich.«

Zuerst einen Zentimeter, dann zwei. Ich bewegte mich mit aller Vorsicht, derer ich fähig war. Der Junge blieb verkrampft. Noch ein Stück, noch ein Stück tiefer. Nachdem die gesamte Eichel eingedrungen war, fasste ich seinen Schwanz an und begann ihn zu streicheln.

»Langsam, ey, ganz langsam.«

»Ganz ruhig.«

Bald bemerkte ich, wie er den Rücken durchbog und anfing, sich mir nach und nach entgegenzustemmen. Ganz offensichtlich war dies nicht das erste Mal, dass er so etwas tat. Er steht nicht auf Typen, hatte er gesagt. So ein Früchtchen.

»Na los, ein bisschen tiefer. So, ja. Nicht so schnell, ey … Ey, Scheiße, wieso haste keine Creme mitgebracht.«

»Was?«

»Nichts. Mach weiter. Warte, lass mich ihn reinstecken, halt einfach still, ey, ja?«

Nach und nach fühlte ich, wie die Wärme seines Arsches meinen Schwanz umschloss, ihn langsam aufsaugte, ihn eng umschnürte, wieder locker ließ und wieder zuschnürte. Meine Beine waren angespannt und meine Knie schlotterten.

»Jetzt ist er ganz drin, oder?«

»Die Hälfte.«

»Die Hälfte? Ey Scheiße, Alter, du wirst mir noch den Arsch aufreißen.«

Ich fühlte, wie mein Schwanz da drinnen begann, Feuer zu fangen, und ich beschloss, zur Sache zu kommen.

»Tut's weh?«

»Fast kaum noch.«

»O.k. Du hast es nicht anders gewollt.«

»Ey warte, warte. Warte!«

Ich achtete nicht auf ihn. Ich packte ihn bei den Schultern und stieß zu. Er öffnete sich wie eine Apfelsine. Es war kein gewaltsamer Stoß, sondern einfach nur nachdrücklicher und tiefer, bis ich spürte, wie sein Arsch meinen Bauch berührte. Er erschauderte, ich nahm wahr, wie er einen Schrei unterdrückte. Ich verharrte einen Moment mit meinem Schwanz bis zur Wurzel in ihm drin, bewegungslos, dann zog ich ihn raus und drang erneut in ihn ein, nur heftiger diesmal.

»Du bringst mich um, ey, Mann, du bringst mich um …«

»Sollen wir's doch lieber lassen?«

»Spinnst du, ey? Gib's mir, Mann!«

Ich drang mit einem einzigen machtvollen Stoß bis zum Anschlag in ihn ein, ohne seine Schultern loszulassen. Mir schien, als hörte ich so etwas wie ein Schluchzen. Ich begann mich zu bewegen, ihm die Eingeweide durchzupflügen, vor und zurück; ich ließ ihn in seinem Arsch meine gesamte Schwanzlänge spüren, wieder und wieder, während ich vor meinem inneren Auge ein Gefühl von Rache hatte, von Wut. José, wie er mich nackt aus den Duschen kommen sieht; José, wie er mich in seinem Zimmer weinend umarmt; José, wie er mich mit seinem erigierten Glied in seiner blauen Badehose unter Wasser berührt. Du Arsch, wovor hast du denn solche Angst? Warum siehst du mich so an? Warum musst du so verdammt schön sein, wenn du lächelst? Warum traust du dich nicht, mich zu lieben? Nimm, du kleiner Scheißer! Nimm! Ja, jetzt! Mit aller Kraft bis tief in deinen Leib hinein, bis es dir aus dem Maul herauskommt, das Ich-liebe-dich, das dir im Hals steckt! Nimm, du Mistkerl! Nimm, mein Liebster, mein Geliebter! Jetzt kannst du dich nicht verteidigen, kannst nicht entfliehen, dir nicht, mir nicht, nimm …

»Ey, wart mal …«

»Was?«

Ich öffnete die Augen. Der Junge richtete sich auf und drehte sich um. Er schwitzte und schaute mich atemlos mit großen Augen an. Er schnaufte zwei oder drei Mal tief, lächelnd und mit einer überraschenden Beweglichkeit legte er sich rücklings auf die Steinmauer und schlang seine Beine um meinen Hals und verschränkte seine Füße in meinem Nacken.

»Jetzt nimm mich wieder bei den Schultern, wie vorhin. Aber stoß mich nicht in den Fluss, ey!«

Ich begriff, was er wollte. Ich spuckte noch mal auf das jetzt viel weiter geöffnete Arschloch und drang sofort wieder in ihn ein.

Mit einem harten Stoß rammte ich meinen Schwanz, so tief es eben ging, in ihn hinein. Er, seine Hände an mein Hemd geklammert, schaute mich an, mit angespanntem Gesicht und weit geöffneten Augen und einem Ausdruck, der wie ein Lächeln wirkte.

»Ja, voll geil ey! Alter! Wow …«

Ich drang wieder tief in ihn ein, wieder und wieder. Mir schien, als würde er sich die Haut seines Rückens auf der Steinmauer aufschürfen, aber das war mir egal. In meinem Mund blieb dieser Geschmack nach Salz, nach Blut oder Wut, während ich diesen kleinen und schutzlosen Arsch nagelte, der das Menschenmögliche versuchte, sich an mich zu klammern. Er ließ mit einer Hand los und fing an zu wichsen, während er mich die ganze Zeit ansah; während ich ihn anschaute, als wäre er an allem schuld, ihn bearbeitete, als wäre er ein Opferlamm, ein Feind, ein Franzose auf der zugefrorenen Beresina, der von den Bajonetten der russischen Soldaten durchbohrt wird; José mit mir ringend, fast schwerelos unter dem dunklen Wasser, die glatte Haut Josés unter meinen Händen, sich mir entwindend, meinen Händen entgleitend wie ein ängstlicher und geschmeidiger Fisch. José, der …

»Weiter, weiter! Ey, mach schon! Fick mich, Mann! Fick mich richtig …«

Der Junge zitterte, krümmte sich, spannte sich wie ein Flitzbogen, ließ den Kopf nach hinten fallen, über den schwarzen Abgrund des Flusses, schob sich mit einem brutalen Stoß auf meinen Schwanz. Im Halbdunkel sah ich kaum die scharfen Spritzer, mit denen sein Samen auf seiner Brust landete. Einen Augenblick lang hielt ich inne. Ohne mir Zeit zum Reagieren zu lassen, heftete er seinen Blick in meine Augen, biss die Zähne zusammen, faltete hinter meinem Nacken die Hände, und sich von der Steinmauer erhebend, hängte er sich mit einem Ruck an mich. Mein Schwanz durchbohrte seine Eingeweide tiefer als je zuvor. Sein Schrei muss im gesamten Park zu hören gewesen sein. Ihn mit meinen Armen haltend, drehte ich mich um, lehnte mich gegen die Mauer und ließ ihn mit seinem Arsch meinen Schwanz wild rasend wichsen.

»Ja, los! … Ja, jaaa … Küss mich, Alter!«

Ich versenkte meine Zunge in seinem Mund. Um meinen Hals geklammert, nackt, mit den Waden auf den rauen Stein gestützt, fickte er sich mit meinem Schwanz mit allen Kräften, einmal, zweimal, dreimal, ich weiß nicht, wie oft, bis tief hinten in meinen Augen eine rote Stichflamme aufloderte, ein langsamer Hammerschlag, der meine Brust zertrümmerte, du weißt nicht, was du für mich tust, ein flüssiger Wind, der meine Lunge versengte, meine Wange an der Wange Josés, ein plötzlicher Schwindel, der mich zwang, die Augen zu öffnen, mein Schwanz, der bis zur Wurzel im Arsch dieses Jungen steckte, mein Schwanz, der gegen die blaue Badehose Josés drückte. Dann explodierte ich, überflutete den Unterleib des Jungen mit einer Welle aus Wut, Rache, Angst und Hilflosigkeit; die Zunge des Jungen rieb sich leidenschaftlich an meiner Zunge, ohne zu wissen, dass es nicht er war, den ich küsste, die schöne blonde Strähne verstrubbelt über dem Gesicht, das schwarze nasse Haar Josés, das ihm in die Stirn fiel, diese feuchten Finger in meinem Haar, meinen Nacken umklammernd, meinen Mund auf seinen drückend, ohne zu wissen, dass zumindest in diesem Moment dieser Mund nicht sein Mund war, dieser Rücken, den meine erschöpften Hände streichelten und der so, ja so sehr jener Haut ähnelte, deren feuchtes und flüchtiges Gefühl ich noch immer in meinen Fingerspitzen hatte, diese Lippen, die sich von meinen lösten und begannen, kleine Küsse auf meinem Gesicht, meiner Nase, meiner Stirn und meinen Augen zu verteilen.

»Du bist echt die Krönung, ey, Mann.«

Mein Schwanz war noch immer steif und steckte noch immer in ihm. Er lächelte mich keuchend an. »Wie geht's?«

»Gut. Sehr gut. Und dir?«

»Du hast mir echt den Arsch aufgerissen, Alter! Du hast mich gefickt wie der Teufel, ey. Warte mal, ich zieh ihn jetzt mal raus, ja?«

Er stützte die Fußsohlen auf die Steinmauer, befreite sich von mir und sprang mit einem Satz auf die Füße. Er ordnete sich ein wenig die Haare, ohne den Blick von mir zu wenden.

»Warte, ich gebe dir ein Taschentuch. Deine Brust ist ja völlig eingesaut.«

»Ja, danke.«

Ich knöpfte mir Hemd und Hose zu. Er suchte seine Kleidungsstücke zusammen, die auf dem staubigen Boden verstreut waren, und begann sich anzuziehen. Ich zündete eine Zigarette an.

»Gibst du mir auch eine?«

»Ja klar. Entschuldige.«

Wir stützten uns beide mit den Ellenbogen auf die Steinmauer und sahen auf den Fluss. Zu unserer Rechten, weit entfernt, hinter den noch unsichtbaren Bergen, begann sich ein scheues blaues Licht abzuzeichnen. Ich rauchte mit tiefen Zügen. Die Glut erhellte kurz das Gesicht des Jungen und ich konnte sehen, dass es ernst war.

»Mann ey, du bist ja echt hoffnungslos in José verliebt!«

»In wen?«

Er zog an der Zigarette und sah mich wieder an.

»Keine Ahnung. Du hast mich gefickt und hast dabei die ganze Zeit immer nur ›José, José‹ geröhrt.«

»Ich? Ich hab doch gar nichts gesagt!«

Er schwieg und schaute auf den Fluss. Auf der anderen Seite stieg eine Frau raschen Schrittes die Treppe zur Brücke hoch.

»Es ist echt Scheiße, wenn man so krass durchgefickt wird wie von dir, und der Typ dann dabei an einen anderen denkt, ey.«

»Es tut mir leid. Entschuldige.«

»Nein, ich wusste es ja schon. Man merkt dir das voll an, dass du total verliebt bist. Ist mir echt egal, ehrlich.«

Die Frau war auf dem höchsten Punkt der Fußgängerbrücke angekommen und begann rasch auf unser Ufer zuzukommen. Mir kam es so vor, als beobachtete sie uns. Ich sah auf die Uhr.

»Es wird gleich Tag. Wir sollten gehen, oder?«

»Ah, ja, o.k.«, ich vernahm plötzlich etwas Raues in seiner Stimme. »Biste also zufrieden, oder wie?«

»Ja, absolut zufrieden, klar.«

»Toll. Kann ich dich dann um einen Gefallen bitten?«

Ich lächelte ihm zu. Ich sah, dass er ernst blieb. Ein plötzlicher morgendlicher Windstoß ließ mich frösteln.

»Na gut«, sagte ich, »um ehrlich zu sein, ich habe wirklich Geld dabei. Dreitausend Peseten. Reicht das?«

Er streckte die Hand aus, ohne den Blick von mir zu wenden. Es war ein Blick so voller Verachtung, den ich nicht verstand.

»Das reicht«, er nahm das Geld, ohne hinzusehen, knitterte es zusammen und steckte es mechanisch in die Tasche seiner Jeansjacke, »aber das war es nicht, worum ich dich bitten wollte, Mann.«

»Sondern?«

Ich wurde unruhig. Die Frau von der Brücke war bereits verschwunden. Wir waren allein.

»Nichts. Lass stecken, Alter.«

»Nein, nun sag schon.«

»Ist doch egal, Mann«, murmelte er, nun meiner ungeduldigen Geste ausweichend, »du hast bekommen, was du wolltest, und ich auch. Wir sehen uns sowieso wieder.«

Er drehte sich um. Ich packte ihn am Arm.

»Was willst du damit sagen?«

»Ich? Nichts.«

»Wie, nichts?«

»Nichts«, sagte er leise und hasserfüllt, »lass meinen Arm los, ja?«

Ich ließ meine Hand fallen. Unsere Blicke kreuzten sich, scharf wie Messer.

»Ich wollte dich nur bitten, dass du mir einen Kuss gibst, wie du ihn mir vorhin gegeben hast, Mann. Ey, du küsst einfach so schweinegut. Aber ich merk schon, du bist genau so'n Arschloch wie alle anderen auch. Ich verpiss mich. Ciao.«

Er drehte sich auf der Stelle um und ging Richtung Brücke. Ich brauchte einen Moment, bis ich reagieren konnte.

»Hey. Warte!«

Er blieb stehen, drehte sich um und schaute gleichgültig zu mir herüber. Ich ging zu ihm. Er wollte sich wegdrehen, aber bevor er dazu Zeit hatte, nahm ich sein Gesicht in meine Hände. Im Morgenlicht erschienen mir sein schlanker, beweglicher Körper, sein wirres Haar, sein verbittertes Gesicht und seine müden Augen plötzlich sehr schön. Ich lächelte ihn an.

»Aber das macht man anders, Junge.«

»Was?«

»Du küsst, als würdest du eine Abflussverstopfung beseitigen wollen. Schau mal …«

Ohne sein Gesicht loszulassen, strich ich mit meinen Lippen ganz leicht über seine Lippen: Eine leichte, trockene Berührung, zaghaft, unsicher, legte sich kaum spürbar auf seine überraschten Lippen, wie ein Schmetterling aus Seidenpapier, der sich auf einem anderen niederlässt. Er wollte den Mund öffnen, aber ich ließ ihn nicht. Es war meine Zunge, die über seine Haut wanderte, sich den Weg bahnte, einen Moment lang mit seinen Zähnen spielte und sich dann langsam, ganz langsam auf den Weg machte ins Innere dieses bereits vertrauten Geschmackes, dieses Ortes, der vorhin mit Gewalt überfallen und nun voller Zärtlichkeit besucht wurde. Seine Zunge traf meine Zunge wie aus Zufall und beide berührten sich, erkannten sich, tauschten Geheimnisse und Gemeinsamkeiten, Streicheleinheiten, Vertraulichkeiten und Kinderspiele miteinander aus; alles so lieblich und so zärtlich und plötzlich merkte ich, dass ich sein Gesicht streichelte, das jetzt sehr wohl sein Gesicht und nicht das eines anderen war. Meine Finger berührten kaum sein zitterndes kleines Ohr, das Haar, das ihm in die Stirn fiel, den zarten Rücken, der sich unter der Gänsehaut sträubte. Ich küsste ihn auf die Wange.

»Besser so, oder?«

Er schaute mich weiter an und lächelte wieder.

»Ja. Das glaube ich auch. Meine Fresse, du kannst küssen, Javi.«

Wir blieben beide bewegungslos umarmt, inmitten des Parks im frühen Morgenlicht.

»Woher kennst du meinen Namen?«

»Na, weil du ihn mir gesagt hast, Mann.«

»Ich hab ihn dir nicht gesagt.«

»Also erfunden hab ich ihn nicht ...«, er lachte.

Wir trennten uns. Er zwinkerte mir zu und trabte los in Richtung Brücke, während er noch seine Jacke zumachte. Ich ging Richtung Avenida, das gelbe Licht der Laternen wirkte fehl am Platz in der Klarheit des Tages. Plötzlich hörte ich seine Stimme.

»Javi!«

Ich drehte mich um.

»Du hast deine Kippen vergessen!«

Er warf die Schachtel durch die Luft. Sie landete einige Meter von mir entfernt im Schatten. Ich bückte mich, und als ich mich wieder aufrichtete, war der Junge bereits verschwunden. Er hat mir nicht einmal seinen Namen gesagt, lächelte ich, oder er hat ihn mir gesagt und ich erinnere mich nicht mehr daran.

Ich überquerte die Avenida, den Rasen vor unserem Haus und kam vor unserer Tür an. Ich traf auf den Hauswart, der gerade die Marmorstufen fegte. Ich grüßte, nahm meine Tasche aus dem Versteck und stieg gähnend in den Fahrstuhl. Ich öffnete die Wohnungstür mit größter Vorsicht, denn meine Eltern schliefen noch. Auf Zehenspitzen ging ich ins Bad und nahm eine schnelle Dusche. Einen Moment danach, schon in meinem Zimmer, als ich die letzte

Zigarette vor dem Schlafengehen suchte, blieb ich kurz verwundert stehen. In beiden Hosentaschen waren je ein Paket Zigaretten.

Ich stand auf dem Gehsteig gegenüber der Schule, rauchte eine Zigarette nach der anderen, setzte mich auf die Stufen der Freitreppe, stand wieder auf, schaute auf die Uhr, jede Minute, zählte die vorbeifahrenden Autos, die Laternen, die vorbeigehenden Mädchen, die in Rot gekleidet waren, berechnete die Dauer jeder Ampelphase und rauchte wieder. Es war der Morgen seiner letzten Prüfung. Als ich ihn inmitten der Gruppe erkannte, die sich im Mittelgang des Hofes auf den Ausgang zubewegte, war ich kurz davor, vor Spannung zu platzen. José sah mich von Weitem und winkte mir zu, so wie er es immer tat, ohne dabei aufzuhören, mit seinen Freunden zu reden. Unter dem Arm trug er seine schwarze Mappe und sein Wörterbuch. Ich sah, dass er lächelte. Gutes Zeichen, dachte ich, obwohl man bei ihm nie weiß. Mein Herz schlug mir bis zum Hals, aber ich machte ein Pokerface und setzte mich ruhig auf das Mäuerchen neben der Treppe. Am Eingangstor verabschiedete er sich von den anderen, schaute nach rechts und links und rannte quer über die Straße zu mir. Er begrüßte mich mit einem leichten Klaps auf die Schulter.

»Wie geht's? Wartest du schon lange?«

»Nein, ich bin gerade gekommen.«

»Hehe … Lügner!«

»Wie kommst du darauf?«

»Weil die bestimmt alle du geraucht hast.«

Der Boden war mit Zigarettenstummeln übersät.

»Na ja, vielleicht sitze ich hier doch schon eine Weile …«

José ließ sich neben mir nieder und nahm die angezündete Zigarette, die ich ihm hinhielt. Auch er war sehr um ein Pokerface bemüht, dieses Früchtchen.

»So. Nun mal raus mit der Sprache …!«

»Was?«

Ich schnaubte hörbar die Luft aus.

»José, ich werde dich gleich ungespitzt in den Boden stoßen und das Pflaster hier ist echt hart …«

Er lachte hämisch.

»O.k., o.k., o.k.! Möchtest du zuerst die schlechten Neuigkeiten oder die ganz schlimmen?«

Mein Herz setzte einen Schlag aus. »Die schlechten zuerst. Wenn ich dich umbringen muss, möchte ich wenigstens ein gutes Motiv haben, damit der Richter Gnade walten lässt.«

»Gut, also zuerst die schlechten. Es wurden zwei weitere Noten bekannt gegeben, willst du sie sehen?«

»Nein, sag du sie mir.«

»Warte mal, ich erinnere mich nicht mehr …«

Ich überlegte einen Moment, ob es besser wäre, ihn zu erwürgen, oder einfach seinen Schädel hier auf dem Treppchen zu zertrümmern.

»In Physik, bestanden.«

»Gut«, ich unterdrückte einen Schrei, konnte aber nicht das Zittern meiner Hand verbergen, mit der ich die Zigarette hielt, »das sind dann schon drei von fünf.«

»Aber in Literatur …«

»José, mach keine Witze«, ich sprang mit einem Satz auf, »die können dich in Literatur nicht durchfallen lassen, den Calderón hattest du doch besser drauf als er selbst.«

»Jetzt warte doch mal, nur keine voreiligen Schlüsse! In Literatur ›Sehr gut‹. Hehe. Das heißt, es sind bereits vier von fünf …«

»›Sehr gut‹?«

»Ja.«

»Bist du dir sicher?«

»Na klar, schau doch selber.«

»Das ist wenig, gemessen an dem, was du weißt«, grummelte ich, ohne ihn anzusehen.

José lachte schallend.

»Jetzt mach aber halblang, ja!«

Ich sah ihn an. Er sah blendend aus. Ich schluckte meinen Speichel und flehte zum Himmel, die Welt möge in genau diesem Moment für immer anhalten, wo José mich mit dem strahlendsten Lächeln, das ich je an ihm gesehen hatte, anschaute. Mir gingen sein rüdes, unsicheres Auftreten, sein saures Gesicht aus den ersten Tagen unserer Bekanntschaft durch den Kopf. Wie sehr hatte er sich verändert! Wie war es möglich, dass der Glaube an sich selbst einen Menschen derartig verändert, dass es sich in seinem Äußeren, seinem Gesicht, seinen Augen so widerspiegelt, dass er Tag für Tag, Woche für Woche schöner wird? José war von so strahlender, zeitloser, beinahe schon engelsgleicher Schönheit; einer Schönheit, wie sie nur das Glücklichsein verleiht. José war in genau diesem Augenblick das schönste Wesen in Gottes weiter Welt.

»Und? Du sagst gar nichts dazu?«

Ich nahm einen tiefen Zug an der Zigarette und schaute mit gespieltem Ernst hinüber zum Hof der Schule.

»Und heute?«

»Du könntest mir ja wenigstens gratulieren, mich umarmen oder so, findest du nicht?«

Die süße Lust, sich dem Vergnügen zu verweigern. Ich blieb unbewegt, sah ihn auch nicht an.

»Wie lief es heute?«, fragte ich erneut.

»Na ja, so lala …«, er lehnte sich zurück und zündete sich eine Zigarette an, kreuzte die Beine, gleichgültig, »die Lehrerin kam fast zehn Minuten zu spät.«

»Und? Weiter?«

»Na, immerhin zehn Minuten weniger Prüfungszeit, ja? Denn die Abgabezeit sollte natürlich nicht verschoben werden. Meinst du …«

»Ja, ja, ja. Weiter!«

»Gut. Sie kam also mit dem Papierstapel rein und dann fiel ihr ein, die Sitzordnung zu verändern, damit wir nicht abschreiben können. Noch mal fünf Minuten. Stell dir das mal vor, denn …«

»José!«, schrie ich.

»Was denn?«

»Was zum Teufel wurde denn nun geprüft? Ich kriege noch einen Herzkasper! Komm zur Sache!«

Ich sah sein Grinsen, perfide und glücklich, wie ein Honigkuchenpferd. Er schlang mir seinen Arm um den Hals und kam mit seinem Mund ganz dicht an mein Ohr.

»Non es eques«, flüsterte er mit dunkler Stimme. »Quare …«

»… non sunt tibi millia centum«, fuhr ich fort, mechanisch, ohne glauben zu können, was ich hörte.

»Super, Herr Lehrer, Sie haben's erraten!«

Ich starrte ihn ungläubig an.

»Omnia si quaeras, et Rhodos exsilium est!«, rief ich.

»Genau!«

»Sueton«, ich konnte es nicht glauben.

»Ja, eben!«

»Tiberius Nero! Die 12 Caesaren von Sueton!«

»Gaius Sueton Tranquillus«, ergänzte er, dabei komikerhaft einen Zeigefinger in die Höhe hebend und sich das Lachen verkneifend.

»Aber José, du Riesenglückspilz, den Text konntest du doch auswendig!«

»Na ja, sagen wir: fast auswendig.«

Ich ergriff seine Hand, die locker auf meiner Schulter lag.

»Und? Was hast du gemacht?«, wollte ich wissen.

»Na, einfach die Übersetzung, die Analyse, das war ja simpel, dann die historische Einordnung, unterschreiben, abgeben und tschüss.«

»Aber … wie lange hast du gebraucht?«

»Pah, nicht lange. So zwanzig Minuten. Ich war als Erster fertig.«

Ich drückte seine Hand mit ganzer Kraft, drehte sie ihm um, drehte ihm den ganzen Arm nach hinten auf den Rücken. Er, lauthals lachend, versuchte, sich aus meinem Griff zu befreien.

»Du Schweinehund!«, rief ich und umarmte ihn. »Du bist ein Riesenschweinehund! Und ich sitze hier die ganze Zeit und zähle Autos!«

»Ich habe dich vom Fenster aus gesehen«, er sah mich an, glücklich.

»Aber … das bedeutet ja …«, ich fuhr ihm durch seine Strubbelhaare und packte ihn im Nacken, »… dass du alle fünf Prüfungen bestanden hast! Du hast alles bestanden! Du hast es geschafft!«

»Du hast es geschafft«, sagte er, plötzlich ernst, »du hast mir geholfen.«

»Nein«, sagte ich, »ich habe dir geholfen, dir selber zu helfen. Die Schlacht hast du geschlagen, Bonaparte!«

»Du weißt genau, dass das so nicht stimmt, Javier«, sagte er leise, durchbohrte mit seinen schwarzen Augen meine Brust und lächelte, mein Gott, wie er lächelte. »Gut, und werde ich jetzt umarmt, oder warten wir damit, bis die Noten bekannt gegeben werden?«

Ich stand auf. »Komm her, mein Zauberprinz.«

Er stand langsam auf, ohne seinen Blick von mir abzuwenden, stellte sich vor mich hin, lächelte sein himmlisches Lächeln, still wie ein junger Gott. Ich warf mich ihm entgegen. Ich drückte ihn mit aller Wucht an mich, so fest, dass mir seine Brust an meiner Brust schmerzte; so fest, dass zwischen ihn und mich nichts und niemand mehr passte. Nur für mich allein, für mich ganz allein hatte ich ihn in diesem hellen Moment, in dem nur er und ich, wir beide ganz allein das Universum bewohnten. Seine schmalen Hüften eng an meine Hüften gepresst, an mein unermessliches Glück, an das Innerste meiner Seele, bis sein Geruch der meine wurde, bis die Freudentränen, die seinen Augen entströmten, meine Tränen wurden, unsere Tränen; wir beide allein mitten auf der Straße umarmten uns unter der gnadenlosen Mittagssonne, wie sich noch nie zwei Menschen umarmt hatten, wie sich niemand auf dieser Welt je würde umarmen können. »Du bist einfach super, spitzenklasse«, flüsterte ich ihm ins Ohr, »du bist das Größte, was es gibt.« Mein Mund versunken in den Wellen seiner Haare, die ich benetzte mit den Fluten meines Glücksgefühls, seine Arme um meinen Hals geklammert mit der Heftigkeit eines Ertrinkenden, der ins Leben zurückkehrt. »Du bist so fantastisch, mein Zauberprinz«, und ich hob ihn hoch, ohne ihn loszulassen, drehte mich um die eigene Achse, einmal, zweimal, fünfmal, noch öfter, ich weiß nicht, wie oft, und seine mich fest umschließenden Arme fühlten sich an wie die Erfüllung meiner sehnlichsten Träume, und sein Lachen, das mich ganz und gar umgab. »Lass mich los, Javier, du Depp, wir fallen noch hin!« Sein Lachen wuchs in mir, aus meinem Innersten, vom Grunde all meiner Gefühle, wie ein Kinderlied, wie klingende Kristallpokale, wie eine immense klingende Freude, die mich überflutete, mich mitriss, hoffnungslos, in Richtung des offenen Strudels meines Herzens. Und als seine Füße wieder Boden unter sich hatten, küsste ich ihn, ohne darüber nachzudenken, ich küsste ihn lang und schmatzend auf die Wange und dann küsste ich ihn weiter, hundert Mal, tausend Mal auf seinen Hals, auf sein Ohr, sein Haar, seine Augen, bis ich ihn sagen hörte: »Wie süß du bist, Javier, wie süß!«, und dann traute er sich, dann spürte ich zum ersten Mal jenen Stromschlag auf meinem Gesicht, die Entladung seiner Lippen an meinem Ohr, seine Arme klammerten sich an meinen Hals, und seine Lippen pressten sich auf mein Gesicht, in einem kurzen, intensiven Kuss, der den Boden unter meinen Füßen schwanken ließ, der mich dazu zwang, die Augen zu schließen, um nicht blind zu werden vor Glückseligkeit, der mir die Atmung wiederbrachte nach so vielen Wochen von Flauheit, Agonie und Dürsten an seiner Seite.

Wir blieben eine Zeit lang in dieser Umarmung und ich hätte mein Leben dafür gegeben, die Zeit anzuhalten.

»Herzlichen Glückwunsch, José«, sagte ich leise zu ihm, mit meinem Mund dicht an seinem Ohr.

Er streichelte mir zärtlich den Hals und trennte seinen Kopf von meinem.

»Danke«, antwortete er lächelnd, mir dabei tief in die Augen blickend. »Sollten wir nicht etwas essen gehen?«

»Ja, ja, lass uns essen gehen. Lass uns lieber feiern gehen, besser gesagt. Ich lade dich in ein Restaurant ein, das …«

»Nein, Javier«, unterbrach er mich, »heute möchte ich, dass du zu mir nach Hause zum Essen kommst. Ich möchte es meinen Eltern erzählen und will, dass du dabei bist, ja?«

Ich lächelte. Ich stellte mir das Gesicht von Asunción vor, ihre Tränen, die sie bestimmt vergießen würde, mich umarmend, ihn umarmend, dieses kleine Persönchen, wie stolz würde sie sein, und immer wieder würde sie die Brille auf- und absetzen, um ihre Emotionen zu vertuschen, würde wie ein scheues, aber glückliches Eichhörnchen durch das Esszimmer laufen, mit kleinen Trippelschritten, alle möglichen Leute anrufen: Unser José hat alle seine Prüfungen bestanden! Weißt du schon, Carmen? Weißt du schon, Ángel? José hat alle seine fünf Prüfungen bestanden, ja alle fünf, du hast dich nicht verhört. Hat sich Mama schon hingelegt oder ist sie neben dir? Och wie schade, na erzähl du ihr's und sag ihr, sie soll mich unbedingt anrufen, ja?

»Einverstanden. Heute essen wir bei dir zu Hause.«

Wir gingen über den oberen Teil der Avenida. Er hatte seinen Arm um meine Schulter gelegt und ich meinen Arm um seine Taille. Zu unserer Linken glänzte der Park in der Sonne. Ich sah im Augenwinkel Rentner auf Bänken im Schatten, Leute durchquerten lustlos den Park in Richtung Brücke, eine Mutter mit Kindern am Arm. Ich sah das kleine gelbliche Häuschen des Kinderverkehrsübungsplatzes, den Metallzaun, die kleinen durstigen Bäumchen neben der Miniaturfahrbahn. Es war wie ausgestorben. Der Park war tagsüber ein freundlicher Ort. Einen Moment schoss mir das Gesicht des blonden Jungen durch den Kopf.

»Na gut, José, versprochen ist versprochen.«

»Was ist versprochen?«

»Sollen wir jetzt bei mir zu Hause vorbeigehen und den Rucksack holen oder soll ich ihn dir heute Nachmittag mitbringen?«

Er zuckte zusammen.

»Aber … meinst du wirklich, dass wir verreisen? Zu den Picos, du und ich? Ernsthaft?«

»Bei fünf von fünf, oder nicht? So war es abgemacht. Und du hast gewonnen!«

»Ich dachte, du würdest dich gar nicht mehr daran erinnern.«

Ich hätte ihn umbringen können.

»Wir holen den Rucksack nach dem Essen. Du packst dein Zeug zusammen und morgen früh nehmen wir den Bus um halb zehn. Vergiss nicht, eine Regenjacke einzupacken, da oben kann man nie wissen. Und schlepp dich bloß nicht mit Konservendosen ab, das kaufen wir alles in den Dörfern, in Posada oder in Cordiñanes …«

»Javier …«

»Dein Schlafsack ist o.k., obwohl es da oben nachts ganz schön kalt werden kann. Aber ich nehme ja den Daunenschlafsack mit, da kommen wir zurecht.«

»Javier, hör mal …«

»Was denn?«

»Na, ich weiß auch nicht … Was für ein Glück ich habe.«

»Wieso?«

»Na, dass ich dich kennengelernt habe, dass du mein Freund bist, dass du dich so um mich gekümmert hast. Du bist einfach ein Supertyp, echt. Wenn du nicht gewesen wärst, dann …«

Ich unterbrach ihn.

»Pass auf, deine Mutter!«

»Meine Mutter? Was hat die denn damit zu tun?«

Ich strubbelte ihm durch die Haare.

»Also, wenn du nicht aufhörst, so ein Zeug zu reden, dann werde ich mit knallrotem Kopf bei euch zu Hause ankommen und deine Mutter wird denken, ich hätte irgendein ansteckendes Fieber, und wird dich morgen nicht mit mir fortlassen.«

Er lachte und drückte meine Schulter. »Du bist echt total durchgeknallt!«

»Ich? Ich bin doch ein Heiliger.«

Wir bogen um die Ecke, redeten und lachten. Plötzlich ließ José mich los. »Warte einen Moment, Javier, ich bin gleich wieder da.«

»Was ist denn los?«

»Nichts, ich bin in einer Sekunde zurück, o.k.?«

Er rannte los und überquerte die Straße. Auf der anderen Seite in der Sonne stand ein Mädchen mit langen schwarzen Haaren, fuchtelte mit den Armen, sah ihn an und lachte ihm zu. Ich erkannte das Mädchen aus dem Schwimmbad. Mein Magen krampfte sich zusammen. Ich sah, wie José mit ihr redete, wie er lächelte, wie er vor ihrem Gesicht eine Hand hob und alle fünf ausgestreckten Finger zeigte. Sie stieß einen Schrei aus, der bis zu mir herüberdrang, machte zwei oder drei Sprünge und fiel ihm dann um den Hals und küsste ihn auf den Mund. Ich drehte mich weg, zitternd. Ich stand vor dem Schaufenster eines orthopädischen Fachgeschäfts. Hinter der Scheibe standen ein Plastikkopf mit einem Verband auf der Stirn, ein paar metallene Apparate und mehrere Schachteln mit Pflastern. Pflaster, dachte ich, wir müssen Pflaster mitnehmen. José bekommt bestimmt Blasen an den Füßen. Ich suchte nach einer Zigarette. Die Zigaretten waren mir ausgegangen.

Zweiter Teil

Dutzende, Hunderte von Menschen; unzählige Bündel, verschnürte Pappkartons, prall gefüllte Koffer, Plastiktüten. An einem Sommersamstagmorgen um neun Uhr früh war der Busbahnhof so etwas wie ein menschlicher Ameisenhaufen. José und ich, beide in karierten Hemden, klobigen Stiefeln und dicken Wollsocken, er in Jeans, ich in meiner kurzen bayrischen Hose aus dunkelblauem Loden, beladen mit unseren Rucksäcken, bahnten uns unseren Weg durch dieses Getümmel. Die Schlange am Schalter für den Bus zu den Picos war eine der kürzeren. Wir stellten unser Gepäck auf dem Boden ab.

»Hast du eine Zigarette, Javier?«

»Klar, warte … Mist, ich habe das Päckchen zu Hause liegen lassen. Irgendwas vergesse ich immer, zu blöd.«

»Ist doch egal, ich kann ja mal welche kaufen gehen. Weißt du, wo der Kiosk ist?«

»Es gibt einen Automaten in der Cafeteria; um diese Zeit ist der Kiosk noch zu. Aber mach schnell!«

Ich verschränkte die Arme und betrachtete die schmutzige grüne Kachelwand, auf der viele Reste von Plakaten klebten, die längst vergangene Partys ankündigten, die große Uhr, die neun Uhr zwanzig anzeigte, und die unlesbare Metalltafel mit den Ankunfts- und Abfahrtszeiten der Busse. Vor mir in der Schlange stand ein altes Rentnerpaar, sie bei ihm untergehakt, er, mit einer ausgeblichenen Baskenmütze auf dem ergrauten Kopf, umklammerte ängstlich einen abgenutzten braunen Lederkoffer.

»Hallo.«

Ich drehte mich um und es durchfuhr mich wie ein Blitz. Ich hatte das unergründliche Lächeln von Ana direkt vor mir.

»Hey, meine Süße«, ich wusste nicht, was ich sagen sollte, »was machst du denn hier?«

»Das wollte ich dich fragen. Was machst denn du hier?«

Ich versuchte, nicht nervös zu wirken, aber die Angst schnürte mir die Kehle zu.

»Hast du eine Zigarette?«, fragte ich.

Sie reichte mir die, die sie selber gerade rauchte.

»Ich fahre ein paar Tage nach Cares.«

»Mit José, oder?«

»Ja, mit José.«

»Ah ja. Und warum?«

»Ich habe es ihm versprochen. Ich habe ihm gesagt, wenn er alle fünf Prüfungen besteht, dann fahren wir gemeinsam zu den Picos. Und er hat es geschafft.«

»Wow. Toll, nicht?«

Ich dachte mir, dass es besser sein würde, ihren ironischen Unterton lieber gar nicht erst zu beachten. Ich nickte einfach mit dem Kopf. Sie schaute mich weiterhin an, mit verschränkten Armen und ohne auch nur mit einer Wimper zu zucken.

»Wann bist du zurückgekommen?«

»Vor zwei Stunden«, sagte sie kurz, »mit dem Zug. Ich habe dann einen Spaziergang hierher gemacht.«

»Du warst noch gar nicht zu Hause?«

»Nein.«

»Hast du mir nicht vorgestern am Telefon gesagt, dass du erst in einer Woche zurückkommst?«

»Ja, aber gestern Abend hab ich mit Mama telefoniert und von ihr die Neuigkeiten gehört. Wie es scheint, habe ich ja einen wirklich sehr schlauen Bruder, was? Und ich habe nichts davon gemerkt.«

Die Alte vor uns in der Schlange schaute uns aus dem Augenwinkel an.

»Bitte, du musst doch deswegen nicht laut werden.«

»Ich werde nicht laut.«

»O.k. Du wirst nicht laut. Sag, was willst du?«

»Dass du hierbleibst. Dass du nicht fährst.«

»Tut mir leid, Ana, aber ich werde fahren. Oder besser gesagt: Es tut mir nicht leid. Ich werde fahren«, sagte ich langsam. In diesem Moment sah ich José. Bleich, mit zwei Schachteln Zigaretten in der Hand, sah er uns vom anderen Ende der Halle aus an.

»Schön, dann fahre ich mit euch.«

Die Schlange kam ein paar Meter voran. Ich zog die beiden Rucksäcke hinterher.

»Du kannst nicht in Mokassins zu den Picos fahren.«

»Dann kauf eben noch keine Karten. Wartet halt, und wir fahren alle zusammen mit dem Bus um drei.«

Ich sah, dass sie kurz davor war, in Tränen auszubrechen. Eine unendliche Traurigkeit kam in mir hoch.

»Ana, nein. Wir fahren jetzt. Es tut mir leid.«

»Ach, jetzt tut es dir leid? Eben hast du mir doch noch gesagt …«

»Es tut mir leid, dass ich dir wehtue. Aber sonst nichts.«

»Na dann … Was du …«

»Hallo Ani, wie geht's?«

José war inzwischen bei uns – leichenblass und mit angestrengtem Lächeln –, reichte mir eine Schachtel Zigaretten und gab seiner Schwester einen Kuss. Sie sah ihn an, ohne ein Wort zu sagen. Die Alten vor uns verließen den Schalter. Ich war an der Reihe. Ana fasste mich beim Arm. Ich sagte nichts.

»Also, was darf's sein?«, der Typ am Schalter schaute mich durch seine schmutzigen Brillengläser an.

»Fahr nicht, Javi. Bitte, fahr nicht«, flüsterte Ana und zog mich am Ärmel.

»Zweimal nach Santa Marina«, sagte ich.

»Wohin? Bitte sprechen Sie etwas lauter, ich kann Sie nicht verstehen.«

»Javi, bitte! … Ich bitte dich …«

»Nach Santa Marina. Zweimal«, meine Stimme klang rau. Ich holte mein Geld raus und bezahlte. Während ich auf die Fahrkarten wartete, bemerkte ich eine brüske Bewegung hinter mir, aber ich schaute stur auf den Fahrkartenverkäufer. Ich suchte krampfhaft nach einem Ausweg aus dieser idiotischen Situation. Du bist einfach nach Salamanca gefahren, ohne mir Bescheid zu sagen, bereitete ich mich vor, kalkulierend wie ein dummer Schachspieler, dem immer, wenn er am Gewinnen ist, mit der Faust auf den Tisch geschlagen wird, du hast dich kaum gemeldet in der ganzen Zeit, hast nichts kapieren wollen, konntest nicht zugeben … Wie blöd, wie armselig würde all dies klingen. Ich merkte, dass ich vor Aufregung ganz rot geworden war.

»Javier …«, es war die Stimme Josés, ich drehte mich jedoch nicht um.

»Warte einen Moment.«

»Javier, halt, hol die Fahrkarten noch nicht, besser, wir fahren heute Nachmittag.«

»Wie?«

»Hier, bitte. Zweimal Santa Marina.«

Ich nahm das Wechselgeld in Empfang und trat vom Schalter zurück. Ich sah mich suchend um.

»Sie ist gegangen«, sagte José. Er war sehr ernst und bleich.

»Das seh ich auch.«

»Warum bleiben wir nicht lieber hier?«

Ich hielt ihm die beiden Stücke bedruckten Papiers hin, die mit blauem Kugelschreiber ungeschickt ausgefüllt waren, mit dieser enormen geneigten und unleserlichen Handschrift, typisch für einen Schalterbeamten.

»Hier sind die Fahrkarten. Willst du lieber hierbleiben?«, fragte ich ihn.

»Ich … äh … was ich vor allem nicht will, ist, dass du Ärger mit Ana hast und ich daran schuld bin.«

»Wenn ich Ärger mit deiner Schwester habe, dann sind wir daran selber schuld. Du hast damit überhaupt nichts zu tun. Wenn du lieber hierbleiben willst, dann bleib!« Warum musste meine Stimme so schroff klingen? »Ich jedenfalls fahre.«

»Du ganz allein?«

»Nein, ich fahre nicht allein. Ich fahre mit Gaius Sueton Tranquillo. Das Buch ist im Rucksack. Ich dachte mir, ich guck mal nach, wie viel du eigentlich in der Prüfung abgeschrieben hast, du Früchtchen.«

Ich lächelte. Ich schaffte es zu lächeln und er schaute mir in die Augen.

»Dir ist echt zuzutrauen, dass du wirklich das Lateinbuch mitgenommen hast«, sagte er prüfend.

»Natürlich ist mir das zuzutrauen.« Ich lud mir den Rucksack auf. »Und du …? Kommst du nun mit oder willst du mich fünf Tage mit Tiberius Nero allein lassen?«

Wie unglaublich schön war er, wenn er lächelte.

»O.k., o.k. Letztendlich musst du es wissen. Aber gib mir nachher nicht die Schuld, ja? Ich hab bei Ani sowieso schon verschissen …«

Über den Lautsprecher wurde die Abfahrt des Busses nach Santa Marina angekündigt. Ich nahm den Arm von José und zog ihn mit festem Griff in Richtung Bus. Wir kamen gerade noch recht, um unsere Rucksäcke im riesigen Kofferraum zu verstauen. Der Bus war halb leer. Wir ließen uns auf die hinterste Bank fallen. Als der Dieselmotor rüttelnd angelassen wurde, vibrierte die gesamte alte Metallkarosserie. Ich suchte nach einer Zigarette.

»Ach nee …«

»Ach nee, was?«, fragte ich abwesend.

»Nichts. Guck mal, wer da ist.«

Ich sah aus dem Fenster. Draußen stand Ana mit völlig verheultem Gesicht und lächelte mir zu. Mir schnürte es die Kehle zu. Während der Bus zu manövrieren begann, langsam, im Rückwärtsgang, rief mir Ana, wie sie da stand, mit ihrem Bubikopf, ihren dürren Ärmchen, so traurig, so klein und allein, immer wieder ›Ich liebe dich‹ zu, ohne Stimme, nur so, dass ich es von ihren Lippen ablesen konnte. Sie gab einen Kuss in ihre Handfläche und pustete ihn mir zu, lächelnd, weinend. Auch ich führte einen Finger an meine Lippen und drückte ihn von innen gegen die Fensterscheibe. Ich sah, wie sie mich gestikulierend bat, sie anzurufen; wie sie mir zuwinkte, mit dem ganzen Arm. Ich sah auch gerade noch, als der Bus anfuhr und den Busbahnhof verließ, wie sie sich umdrehte, allein in Richtung Ausgang ging und sich die Tränen am Ärmel meines alten Anoraks abwischte.

Ich drehte mich um. José rauchte schweigend, mit bitterem Gesichtsausdruck, gegen das gegenüberliegende Fenster gelehnt, und betrachtete die vorüberziehenden Bäume, Autos, Menschen, während der Bus sich auf der Avenida stadtauswärts bewegte.

Wie kannst du so etwas nur tun?, meldete sich eine Stimme in mir von irgendeinem unerfindlichen Ort.

Eine Stunde später hielten wir in einer Kleinstadt. Der Fahrer kündigte fünfzehn Minuten Pause an. José und ich stiegen aus, um unsere Glieder zu strecken und zu frühstücken. Während er seinen Kaffee austrank, bat ich um ein Telefonbuch. Ich fand die Nummer, die ich suchte. »Ja, hier«, sagte man mir, »Blumenlieferservice … Wie? Sind Sie sicher? … Einen Augenblick, ich benötige dazu die Nummer Ihrer Kreditkarte …«

Das Mädchen, das mich bediente, muss ein recht komisches Gesicht gemacht haben, aber sie sicherte mir zu, dass Ana an den folgenden fünf Tagen, allmorgendlich pünktlich um halb zehn, einen Strauß mit zwölf roten Rosen geschickt bekäme. Als ich auflegte, waren die Leute bereits wieder dabei, in den Bus einzusteigen. Ich ließ meinen Kaffee stehen. José schaute mich sorgenvoll an.

»Ist sie immer noch sauer?«

»Wer?«

»Wer wohl? Sie.«

»Ich habe gar nicht mit deiner Schwester telefoniert.«

»Ach so, ich hatte den Eindruck, als ob …«

Wir setzten uns wieder in den hinteren Teil des Busses. José blieb weiterhin schweigsam und mir schien es, als wiche er meinem Blick aus. Ich fühlte mich immer elender.

»Manchmal fühle ich mich wie ein Vollidiot, José.«

Er antwortete nicht, sah mich nicht einmal an. Er versuchte, es sich ganz in der Ecke am Fenster bequem zu machen, und schloss die Augen. Doch der Bus vibrierte so sehr, dass es ihm unmöglich war zu schlafen.

»Komm«, sagte ich zu ihm und er streckte sich der Länge nach auf der Rückbank aus, legte seinen Kopf auf meinen Oberschenkel und blieb still liegen, mit auf der Brust gekreuzten Armen und geschlossenen Augen. Ich sah ihn an, ohne etwas zu sagen. Vor den Fenstern waren nun Berge zu sehen; die Straße schlängelte sich in engen Kurven und der Motor zeigte mit seinem immer lauteren Röhren und Dröhnen, dass wir stetig an Höhe gewannen. José seufzte tief.

»Ich weiß nicht, was ihr beide für ein Ding am Laufen habt«, sagte er, drehte sich auf die Seite und legte nun seine Wange auf meinen Oberschenkel, »aber was ich weiß, ist, dass du kein Vollidiot bist.«

Ich streichelte seinen Kopf. Zwei Minuten später schlief er tief und fest wie ein Kind.

Der Bus hielt an und eine Sekunde später kam der Motor mit einem letzten Zittern zum Stehen.

»Hey, Bonaparte. Da ich nicht vorhab, dich auf den Arm zu nehmen, solltest du jetzt langsam munter werden.«

José kam aus dem Tiefschlaf mit dem süßen Unschuldsgesicht derer, die nicht wissen, wer und wo sie sind. Er sah sich um und rieb sich die Augen.

»Was ist denn los? Wie spät ist es? Wo sind wir?«

»Wir sind angekommen.«

Wir stiegen als Letzte aus. Während ich mich darum kümmerte, die Rucksäcke aus dem Kofferraum zu holen, stand José mit den Händen in den Hosentaschen dabei und schaute sich blinzelnd um. In der strahlenden Morgensonne breitete sich das Valle de Valdeón vor unseren Augen aus, leuchtend und funkelnd, wie aus Edelsteinen. Zu unserer Rechten dräuten die hohen Gipfel des Zentralmassivs der Picos de Europa, wuchtig und erhaben; das graue Gestein wirkte durch den Dunst wie blau. Die ferneren Bergkämme waren mit kleinen, unerreichbaren Schneefeldern übersät. Zu unserer Linken begann gleich der Buchenwald, der sich den ganzen Berghang bis nach Panderrueda hinunterzog, der bereits sein Herbstkleid vorbereitete. Die Blätter waren schon dabei, ihr Sommergrün abzulegen und die ganze Palette der Herbstfarben vorzuführen: Rot- und Goldtöne, Ocker-, Malven- und Granattöne. Der gesamte Wald leuchtete in warmen, satten Farben; ein endloses barockes Fest im Sonnenschein. Ganz hinten wurde der Horizont von den steinernen Türmen des Westmassivs scharf markiert, an dessen Fuße sich grün und glitzernd das Tal erstreckte, mit seinen kleinen, wie Streublumen oder Kinderträume verteilten Dörfern.

»Da wären wir also. Was denkst du?«

José hatte immer noch das erstaunte Einfaltspinselgesicht.

»Es wirkt wie im Märchen.«

»Sicher doch«, grinste ich, »oder wo, glaubst du, haben sie Bambi gedreht?«

»Aber … Bambi ist doch ein Zeichentrickfi…«

Mein Gelächter machte ihm klar, dass ich einen Witz gemacht hatte. Errötend fing auch er an zu lachen.

»Du bist gemein, du nutzt aus, dass ich noch halb verschlafen bin.«

»Aber es stünde dir besser an, jetzt wach zu werden, denn uns erwartet noch ein ganz schöner Marsch.«

»Aber es geht doch bergab, oder?«

»Ja, ja, du wirst schon sehen, wie bergab das hier geht …«

Wir schnallten uns die Rucksäcke auf und setzten uns in Bewegung. Als Erstes durchquerten wir das Dorf Santa Marina. Uns umgab der typische Geruch aus Mist, Heu und Rauch. Von irgendwoher war Hühnergegacker zu hören. Vor einem Steinhaus auf einer Bank saß eine alte Frau, ganz in Schwarz gekleidet. Wir grüßten.

»Ja wohin geht's denn? Zum Wandern?«, rief sie uns freundlich zu.

»Ja, Señora.«

»Ach ja … die Jugend. Aber recht leicht kommt ihr daher, ihr Burschen.«

»Leicht?«

»Ja, so! Für Schönwetter halt. Passt auf, dass ihr nicht nass werdet, ihr Burschen!«

»Nass werden? Bei der Sonne?«

»Ach, die Städter! Haben ja keine Ahnung! Schaut halt mal da, da unten. Es wird noch Regen geben, das sag ich euch. Heute Nachmittag wird es sich zuziehen in Caín, ihr werdet's schon sehen. Besser, ihr Burschen sucht euch beizeiten ein Dach überm Kopf …«

José und ich sahen uns an, grinsten ungläubig: Unten im Tal war es etwas diesig, aber über unseren Köpfen brannte eine fast sengende Sonne. Wir verabschiedeten uns von der Alten und gingen weiter. Der Weg ging mit leichtem Gefälle bergab, immer dem Cares folgend. Die beiden massiven Felshänge, die das Tal begrenzten, schienen einander langsam näher zu kommen. Aus purer Lust, sich ihn von hinten anzugucken, ließ ich José ein paar Meter Vorsprung. Seine schlanke, geschmeidige Gestalt, mit seinen schwarzen Haaren, die ihm die Brise, die sanft von der Höhe herunterkam, zerstrubbelte, seine feingliedrigen Hände, die er in die Träger des schweren Rucksackes eingehängt hatte. Dann holte ich ihn wieder ein und gab ihm Erläuterungen: Der Berg da, der wie eine Kathedrale aussieht, ist der Torre del Friero … Der gespaltene Felsen da drüben, der jetzt gerade im Schatten der Wolke liegt, gehört zu den Horcados Rojos … In der Kirche da haben zwei von meinen Brüdern ihre erste Kommunion empfangen und ich hab Orgel gespielt …

José sah mich mit seinen kleinen Augen an, schenkte mir ein süßes Lächeln und stellte mir Fragen (»Nein, Bonaparte, der Naranjo de Bulnes ist von hier aus nicht zu sehen, der ist hinter diesen Bergspitzen, morgen kannst du ihn sehen.«) und wies dabei mit den Armen in alle Richtungen. Auf den Brücken blieb er stehen und betrachtete mit kindlichem Erstaunen, mit welcher Wucht die Wasser des Cares auf die Felsbrocken im Flussbett prallten, in weißen Schaum zerstieben und dabei wie ein lebendes, wütendes Wesen brüllten, um weiter zu einem verzauberten Ort zu strömen, den nur er, der Fluss selbst, kannte. Es gibt nichts Schöneres, als den Ausdruck von Glücklichsein auf einem geliebten Gesicht zu sehen. Und José war glücklich.

Wir kamen durch Posada de Valdeón, ohne Rast zu machen. In Cordiñanes kauften wir uns ein paar belegte Brötchen. Als wir ein Stückchen weiter unten haltmachten, am Mirador El Tombo, einem beeindruckenden Aussichtspunkt, von dem aus man das majestätische Zentralmassiv betrachten konnte, zog sich der Himmel langsam zu.

»Bist du müde?«, wollte ich wissen.

»Wie kommst du denn darauf? Ich und müde! Du bist der, der immer hinterherläuft.«

»Das ist nur, um dich aufzufangen, falls du ohnmächtig wirst.«

Als wir in La Preguera ankamen, einer herrlichen Alm, auf der ein kleiner, eiskalter Bach aus dem ewigen Schnee in den Cares mündet, hatten wir bereits eine bedrohliche dunkelgraue Wolkendecke über uns. Die ersten Tropfen bekamen wir nach der Ermita de Corona ins Gesicht. Wir holten unsere Regenjacken heraus und beschleunigten unseren Schritt. Das Nachmittagslicht verdunkelte sich und in wenigen Augenblicken begann über unseren Köpfen ein echter Wolkenbruch. Als wir die Lichter von Caín erkennen konnten, dem letzten Dorf des Tales, waren wir völlig durchnässt. Über das Gesicht von José liefen unzählige kleine Bäche Regenwasser und ich konnte sehen, wie er vor Kälte zitterte. Wir erreichten die Dorfschenke in einem bedauernswerten Zustand. Die Gaststube war klein und von einer einzigen Neonröhre erhellt, aber es war immerhin schön warm. Drei oder vier Einheimische spielten Karten und sahen uns mit spöttischem Gesichtsausdruck an. Wir bestellten Kaffee mit Schnaps. José lehnte den Rucksack an die Wand und ließ sich auf einen Stuhl fallen, ohne aufzuhören zu zittern.

»Diese Alte, du Bursche ... Da hat sie ja echt recht gehabt ...«

»Aber voll und ganz burschenmäßig ...«

»Mensch, Javier, alter Junge ...«

Die Stimme drang wie ein Donnerschlag an mein Ohr. Sie gehörte Pedro, dem alten Besitzer des Gasthauses, der, klein, knochig, weißhaarig und mit gütigen blauen Augen, breit lächelnd seine gelben Zähne entblößte. Seine riesigen Hände waren von der Arbeit rau und schwielig und drückten meine Hand mit aller Kraft.

»Ja, so was aber auch!«, rief er. »Was bringt ihr denn für ein Wetter mit?«

»Als wir in Santa Marina ankamen, schien noch die Sonne, Don Pedro.«

»Ja, mein Junge, du bist doch aber nicht zum ersten Mal hier. Du weißt doch selbst, das Wetter bei uns ist nicht ohne … Schön seht ihr aus. Und dieses Kind hier ist schon ganz fiebrig. Wer ist denn das? Dein Bruder?«

José blickte mit gerötetem Gesicht zu mir auf und versuchte zu lächeln.

»Nein, das ist doch nicht mein Bruder, Don Pedro«, sagte ich zögernd, »das ist … mein Freund, also ich meine, der Bruder von meiner Freundin.«

»Ja, da schau her. Ein hübscher Knabe. Aber er sieht schlecht aus! Komm mal her, mein Junge, lass mich mal fühlen.«

Er legte seine grobe Hand sanft auf Josés Stirn und verzog das Gesicht.

»Der Knabe hat sich richtig erkältet … Casilda!«

Der Alte drehte sich hinter dem Tresen um und schlurfte nach hinten ins Haus. Ich ging hinüber zu José.

»Geht's dir gut?«, fragte ich ihn.

»Ja, na ja, mir ist nur ein bisschen kalt.«

Ohne zu überlegen, gab ich ihm einen Kuss auf die Stirn. Die drei oder vier Leute, die Karten spielten, sahen neugierig zu uns herüber.

»Du hast ein wenig Fieber, Bonaparte.«

»Ja, glaube ich auch. Und du, wie geht's dir denn?«

»Mir geht's gut, wenn's dir gut geht.«

José lächelte mir müde zu. Kräftige Schritte kamen die Treppe im Haus herunter. Der Alte erschien, gefolgt von seiner massigen Frau, in den Siebzigern, mit platter Nase und ganz schwarz gekleidet. Sie hatte ein Glas in der Hand und weiße Tabletten.

»So Jungs, dann kommt mal her. Das hier ist das Beste, was es gegen Erkältung gibt, das könnt ihr mir glauben. Zwei Aspirin und einen heißen Kognak. Komm, Kleiner, in einem Zug runter damit und du fühlst dich morgen wie neugeboren.«

José sah mich erschrocken an, dann schaute er zu dem Alten, machte eine hilflose Geste und steckte sich die beiden Tabletten in den Mund.

»Na komm, Junge, mit einem großen Schluck, dann wird's dir besser, hörst du?«, sagte die Alte.

Er holte Luft und kippte sich den Inhalt des Glases in den Mund. Er fing schrecklich an zu husten. Ich stand auf. Der Alte klopfte ihm auf den Rücken.

»Ganz ruhig, ist dir wohl in die falsche Kehle gekommen, was, Bursche? Na ja, ist ja noch ein Kind. Überstanden?«, sagte er väterlich.

José nickte und ließ sich gegen die Rückenlehne des Stuhles fallen, lehnte den Kopf an die Wand hinter ihm und schloss die Augen. Ich setzte mich wieder hin.

»Und wo übernachtet ihr denn überhaupt?«

»Also eigentlich hatten wir ja vor, hier irgendwo unser Zelt aufzuschlagen, auf den Wiesen hinterm Dorf, am Fluss«, sagte ich.

»Ja seid ihr denn närrisch? Im Zelt!«, schnaubte der Alte. »Ist das vielleicht ein Wetter zum Zelten? Ihr seid mir schon welche … Jetzt hör mal zu: Du weißt doch, wo ich die neue Hütte habe?«

»Nein, Don Pedro.«

»Gleich unten, bevor ihr zur Brücke kommt. Ist fast fertig. Hat zwar noch keine Tür, aber ihr habt zumindest ein Dach über dem Kopf und seid im Trockenen. Weißt du, wo ich meine?«

»Na ja …«

»Los, ich gehe mit euch. Casilda, bring mir den Schirm! Habt ihr Licht?«

»Ja, das schon.«

Wir traten alle drei hinaus in den Regen, José mit Pedro unter dem riesigen Regenschirm des Alten, während ich versuchte, mit der Regenjacke die Gaslaterne vor Regen und Wind zu schützen. So kamen wir ans Ende des Dorfes. Die Hütte stand weiter hinten auf einer Wiese am Fluss. Sie war aus Stein gebaut, wie alle Häuser in dieser Gegend, und roch noch nach feuchtem Mörtel. Aber wenigstens war es trocken und es zog nicht.

»Zieht schnell die nassen Sachen aus. Und pack das Kind schön warm ein. Habt ihr Decken?«, wollte der Alte wissen.

»Wir haben alles, was wir brauchen. Machen Sie sich keine Sorgen, Don Pedro.«

»Gut, gut. Wenn ihr etwas braucht, wisst ihr ja, wo ihr mich findet, ihr Burschen.«

»Seien Sie unbesorgt, Don Pedro.«

»Na, dann wünsche ich eine gute Nacht. Ach ja, und …«

»Ja?«

»Sag bloß nicht immer Don Pedro zu mir, Teufel auch. Machst mich ja älter, als ich bin …«

Das Kichern des Alten verlor sich in der Dunkelheit. Ich hockte mich zu José, der mit geschlossenen Augen und schnell atmend in einer Ecke kauerte. Ich streichelte ihm über seine heißen Wangen, die ganz rau waren vom Fieber, das nun stärker zu werden schien.

»Das kommt davon, Bonaparte.«

José öffnete einen Spalt die Augen und lächelte mir zu.

»Wenn du nicht alle Prüfungen bestanden hättest, könntest du jetzt zu Hause in deinem Bett liegen, warm und trocken.«

»Wenn ich nicht alle Prüfungen bestanden hätte«, sagte er mit schwacher Stimme, »dann wäre ich jetzt nicht hier mit dir, und das ist, was ich …«

Ein Hustenanfall ließ ihn den Satz nicht zu Ende bringen. Ich schluckte. José hatte die Gabe, mich mit einem Satz mitten ins Herz zu treffen, mit zwei unerwarteten Worten, die er mir leichthin in aller Unschuld zuwarf. Ich strubbelte ihm durch sein nasses Haar, das ihm strähnig in die Stirn fiel.

»Zuerst ziehst du dir jetzt mal die nassen Klamotten aus. Was hast du dir zum Schlafen mitgenommen?«

»Zum Schlafen?«

»Klar. Einen Schlafanzug oder einen Jogginganzug oder so was?«

»Also ich dachte doch, es wäre warm ...«

»Tja, kannste mal sehen«, ich konnte ein Grinsen nicht unterdrücken. »Die Picos sind einfach unberechenbar ... Aber ist ja jetzt egal. Du nimmst eben meinen. Los, zieh die Stiefel aus.«

Ich holte die Schlafsäcke aus den Rucksäcken. Der Schlafsack von José war alt und viel zu dünn. Darin würde er sich eine Lungenentzündung holen.

»Weißt du, was wir machen?«, sagte ich. »Wir breiten deinen Schlafsack als Unterlage aus und decken uns mit meinem zu. Der ist wie eine Heizdecke. Da muss keiner von uns frieren. Ist das für dich o.k.?«

»Na klar. Super.«

Während ich aus meinem Rucksack meinen grauen Trainingsanzug herauskramte, hatte sich José endlich die Stiefel ausgezogen. Danach zog er sich – ohne es aufzuknöpfen – das Flanellhemd über den Kopf. Er hatte Gänsehaut. Als er sich die Jeans herunterzog, spürte ich einen heftigen Schauder. Da war sie: wie immer zu groß, mit den wie immer nicht zugebundenen weißen Bändeln – seine blaue Badehose.

»Gibst du mir den Trainingsanzug?«

»Ja, klar. Entschuldige. Komm, los, zieh dich an. Zieh diese Socken an. Die sind dick und trocken. Mensch, wenn du wüsstest, wie du aussiehst ...«

»Ich?«

»Na, der Trainingsanzug ist dir viel zu groß, José. Du siehst fast aus wie Pedro mit seinem Riesenregenschirm ...«

Er schlüpfte unter meinen Schlafsack und sah mich mit einem müden Lächeln an. Dann ließ er langsam seinen Kopf nach hinten auf die Zelttasche sinken, die ich uns als Kissen hingelegt hatte.

Er schloss die Augen. Ich zog mich ebenfalls aus und breitete unsere nassen Kleidungsstücke zum Trocknen auf unseren Rucksäcken aus.

»Bleibst du so, nur in Unterhosen?«

»Nein«, sagte ich. Ich hatte angenommen, er würde bereits schlafen. »Ich hab noch ein T-Shirt an.«

»Frierst du denn nicht?«

»Mach dir keine Gedanken. Ich hab dir doch gesagt, mein Schlafsack ist warm wie eine Heizdecke. Im Gegenteil, du wirst derjenige sein, der in zwei Stunden richtig zu schwitzen anfängt.«

Ich zog das T-Shirt über und legte mich neben ihn. Ich schaute ihn mir in aller Seelenruhe an. Sein Gesicht war schwach von der Gaslaterne erleuchtet. Er lag auf dem Rücken, die Daunendecke bis zum Kinn gezogen, mit geschlossenen Augen, mittlerweile ruhig atmend. José wirkte in diesem Moment so zart wie noch nie. Schau ihn an; genieße es, ihn dir einfach nur anzuschauen, sagte ich mir, zerstöre jetzt nicht den Zauber dieses Augenblickes. Plötzlich war ich fest davon überzeugt, dass sich mir dieser Augenblick, genau dieses Bild Josés, wie er mit geschlossenen Augen, mit seinem müden und so süßen Gesicht neben mir liegt, in meine Seele einbrannte und mir für immer und ewig im Gedächtnis bleiben würde. Wenn ich mich viele Jahre später an ihn erinnern würde, so würde allein der Gedanke an seinen Namen mir sofort dieses Bild in Erinnerung rufen, wie José jetzt gerade, ruhig atmend, neben mir lag, fiebrig und schwitzend, während ich nur das Klopfen des Regens auf dem Schieferdach über uns hörte.

»Machst du nicht das Licht aus?«, fragte er mit geschlossenen Augen.

»Aber wenn ich das Licht ausmache, kann ich dich nicht mehr sehen.«

»Und warum willst du mich sehen?«, lächelte er. »Ich muss doch so scheiße aussehen …«

»Das stimmt«, witzelte ich, »du siehst echt fies aus. Mir wird fast schlecht … Du siehst aus, als hätten sie dich gerade als Wasserleiche aus der Beresina gezogen.«

Er lachte kraftlos. Er zog eine Hand unter der Decke hervor und fuhr sich über die Stirn, um sich den Schweiß abzuwischen.

»Hab ich noch Fieber?«

»Das nehme ich doch an«, sagte ich, ohne mich zu bewegen. Mein Herz schlug schneller.

»Fühl doch mal.«

Ich beugte mich über ihn und küsste ihn lange auf die Stirn. Einmal, zweimal, dreimal, ganz langsam, mit aller Zärtlichkeit, zu der ich fähig war. Meine Lippen spürten die unruhige Hitze seiner Haut; meine Hände streichelten, fast ohne ihn dabei zu berühren, sein feuchtes Haar. Ich versuchte durch die Berührung meiner unsicheren Lippen, ihm die Liebe zu vermitteln, die mich innerlich verzehrte.

»Ein bisschen Fieber hast du schon«, sagte ich, »achtunddreißig oder so.«

José öffnete die Augen und lächelte mich an.

»Weißt du«, sagte er, »so hat mich immer meine Mutter geküsst, als ich noch klein war.«

»Oh, ach so«, ich errötete, »und … was machte sie danach?«

»Sie blieb bei mir, bis ich eingeschlafen war.«

Zwing ihn nicht, hörte ich meine eigene Stimme in meinem Kopf widerhallen, lass ihn anfangen, lass ihn selber wollen. Doch mein Herz lockerte die Zügel.

»Und wie hast du deine Mutter geküsst?«

Die Hand, die sich zuvor den Schweiß von der Stirn gewischt hatte, legte sich auf meinen Kopf und zog meine Wange an seine Lippen. José, ein wenig seinen Kopf hebend, gab mir einen kleinen, flüchtigen, unschuldigen Kuss, voller Müdigkeit. Dann ließ er seinen Kopf zurück auf die Zelttasche sinken.

»Aber klar«, lächelte er, »du bist natürlich nicht meine Mutter.«

»Nein, natürlich nicht.«

Er drehte sich umständlich zur Seite, blieb dann, still an mich gekuschelt, eingemummelt unter der Decke liegen, wandte mir seinen Rücken zu und atmete vor Müdigkeit schwer.

»Aber ich bleibe trotzdem bei dir, bis du schläfst.«

Es kam keine Antwort.

»Gute Nacht, mein Kleiner.«

Ich hörte einen matten Seufzer, aus dem ich mir einbildete, ein genuscheltes »Bis Morgen« herauszuhören. Ich löschte das Licht und legte mich auf den Rücken.

»Gute Nacht, mein Liebster«, flüsterte ich und war mir sicher, dass er mich nicht mehr hörte. Ich schloss die Augen, konzentrierte mich auf das Geräusch des Regens auf dem Dach und versuchte, die einzelnen Tropfen zu unterscheiden; jeden einzelnen, die alle zusammen den Regen ergaben. Sie fielen auf die Schindeln, die sie so von meiner Gesicht trennten, und ich bemühte mich, ihnen zuzuhören, die, einer nach dem anderen, in ungleichem Abstand fielen, um auf diese Weise jenes beunruhigende innere Geräusch zu überdecken, den ängstlichen und verletzten Schrei, der versuchte, sich aus meinem Herzen heraus seinen Weg zu bahnen.

Die Augen Anas, weiß, ohne Pupillen, die mich über den Hof hinweg aus dem gegenüberliegenden Fenster des Esszimmers anschauten, während ich José umarmte; aber es war nicht José, sondern eine Figur aus Rauch, ein unfassbares Gespenst, durch das hindurch ich mit meinen Armen tastete, suchend, versuchend, sinnlos fuchtelnd, während mich jene leblosen Augen anschauten, mich bedrohten, mir langsam näher kamen, frei in der Luft schwebend; ich wollte einen Schritt machen, einen einzigen Schritt in Richtung Tür, um zu fliehen, war aber unfähig, meine Beine zu bewegen. Die weißen, schwebenden Augen im dunklen Nichts, weiterhin auf mich zukommend, während José mich umarmte, sich im nächtlichen Schwimmbecken an mich presste, aber es war auch gar nicht José, sondern eine riesige Eidechse mit glitschiger Haut, die mir ihre Zähne in den Hals bohrte, bis ich blutete, mir die Badehose vom Leib riss; ich versuchte, mich mitten im Schwimmbecken zu befreien, zu fliehen, wegzuschwimmen, jenen Krallen zu entrinnen, die mir den Bauch zerfetzten, jenen fürchterlichen Augen, die auf mich zukamen, aber ich konnte nicht laufen, die schwarzen Fluten umfingen meine Beine wie mit Algenschlingen, meine Schenkel kämpften mit ganzer Kraft, um einen Schritt zu tun, einen einzigen Schritt, um mich aus der Todesqual zu befreien. Und plötzlich der Schrei, ja, ein wahnsinniger Schrei hinaus ins Nichts gestoßen, während meine Füße zitterten, während die flammenden Augen mich erreichten, während die Krallen meinen Hals umklammerten und meinen Kopf unter Wasser drückten, was meinen Schrei in eine Explosion roter Blasen verwandelte, die zur unerreichbaren Oberfläche aufstiegen, während die Kälte des Todes meine Kehle überflutete.

»Javier! Javier! Was hast du denn?«

»Was?«

»Du hast geschrien.«

Josés Hände schüttelten meinen Arm. Ich schluckte ein paarmal und blinzelte. Es herrschte völlige Dunkelheit. Die Stimme kam von oben, er kniete neben mir. Mein Gesicht war mit kaltem Schweiß bedeckt.

»Warte, ich mach die Lampe an«, sagte José.

»Nein, ist schon gut. Bleib ganz ruhig.«

»Du zitterst ja. Was ist denn mit dir? Wirst jetzt du krank?«

»Nein, es ist nichts. Ein Albtraum. Es war schrecklich, aber es war ja nur ein Traum. Mach dir keine Sorgen.«

»Na gut, ich mach Licht.«

»Nein, hab ich gesagt. Lass. Das ist nicht nötig. Schlaf wieder ein, Kleiner. Hat es aufgehört zu regnen?«

José krabbelte auf allen vieren zum Eingang der Hütte.

»Ja, es hat aufgehört! Man kann die Sterne sehen.«

Ich ließ meinen Kopf auf die Zelttasche fallen, die uns als Kopfkissen diente. Mir taten alle Knochen weh, die Nieren und die Beinmuskeln.

»Das kommt aber auch davon, dass dein Schlafsack so heiß ist. Ich schlafe auch nicht gut, glaub mir«, flüsterte José.

Meine Augen gewöhnten sich nach und nach an die Dunkelheit und unterschieden die leichte Helligkeit, die vom Eingang der Hütte hereinfiel, in deren Licht ich José erkennen konnte, wie er sich die Jogginghose auszog, sie auf den Rucksack warf und wieder unter den Schlafsack schlüpfte.

»Bist du sicher, dass du o.k. bist?«, fragte er.

»Ja, ich glaub schon.«

»Du hast mir einen ganz schönen Schrecken eingejagt.«

»Das tut mir leid, entschuldige.«

»Sag, was kann ich tun, damit es dir gut geht?«, fragte José besorgt.

»Wenn ich Albträume habe«, hörte ich meine Stimme sagen, »schlafe ich besser, wenn mich jemand in den Arm nimmt. Findest du das schlimm?«

»Hehe … ach was. Komm, heb mal den Kopf an. Du hast ja echt geschrien wie am Spieß.«

Er schob seinen Arm unter meinen Nacken und zog mich an sich. Ich legte meine Schläfe an seine Schulter und legte meinen Arm um seine Hüften.

»Ist das bequem so?«

»Ganz toll«, sagte ich, »und du? Kannst du so schlafen?«

»Ja.«

Er war in wenigen Minuten eingeschlafen. Ich zitterte. Umfangen von seinem Arm, berührte mein Bein leicht sein nacktes Bein. In meiner Hand spürte ich ein Brennen. Sie lag bewegungslos auf seinem Joggingoberteil, auf der Höhe seines Bauchnabels, erstarrt vor Angst, zehn Zentimeter von der blauen Badehose entfernt. Irgendwann war mir klar, dass ich nicht länger in der Lage sein würde, weiterhin zu widerstehen, dass die Qual einfach zu groß war und dass ich schließlich anfangen würde, ihn zu streicheln. In der Stellung, in der ich mich befand, konnte ich nicht einmal meine Hand zurückziehen und mir einen runterholen, um Ruhe zu haben. Und überhaupt wollte ich das auch gar nicht.

Draußen sang ein Vogel. Ich strengte mich an, nicht einzuschlafen, aber aus meinem Kopf war die Vorstellung einfach nicht zu vertreiben, wie meine Hand unter das Oberteil glitt, auf die warme Haut Josés, in das Innere seiner blauen Badehose; der Traum, meine Lippen endlich auf seinen zu spüren, die Sehnsucht meiner Haut nach seiner Haut, nach dem ungeheuren Gefühl, ihn nackt an mich zu pressen. Ich fiel in einen ruhelosen Halbschlaf, in dem ich träumte, ich würde träumen. Und in dem Traum, den ich im Traum träumte, kämpfte ich dagegen an einzuschlafen, damit ich ihn nicht im Schlaf berühren würde, und in einem Moment geträumter Klarheit hörte ich auf zu kämpfen und streichelte ihn endlich ohne Hemmungen, während ich erneut träumte, dass ich in einen tiefen Traum fiele …

Das Geräusch eines Hustens ließ mich die Augen schlagartig öffnen. Es war schon Tag. Schließlich hatte ich also doch geschlafen. Als ich den Kopf anheben wollte, um zu sehen, ob José noch fiebrig war, merkte ich, dass sich meine Hand auf der Haut seines Bauches befand und sich fast unmerklich, ohne jegliches Dazutun meines Willens, hin und her bewegte, ganz sanft, dabei mit einem Finger die berüchtigte und ersehnte Grenze, den Saum seiner blauen Badehose, streifend. Ich wusste nicht, wie lange ich das bereits tat. Ich wusste auch nicht, ob er es spürte. Mein Herz machte einen Sprung, aber irgendwo in meinem Inneren vernahm ich eine schwarze Stimme: Jetzt bist du bereits so weit gekommen, jetzt wirst du hier nicht haltmachen. Es fehlt nur ein Schritt, ein einziger. Los, trau dich! José, bewegungslos, schien immer noch zu schlafen und atmete leicht und gleichmäßig. Ich nahm allen Mut zusammen und streichelte weiter seinen Bauch, nun mit aller Sanftheit und Zärtlichkeit, derer ich fähig war, und erlaubte meinen Fingern zunächst nicht, in irgendeiner Weise weiter abwärts zu gleiten. Ich wollte, ich musste glauben, dass José, falls er etwas merken sollte, diese Streicheleinheiten schlimmstenfalls als zärtliche Geste eines Freundes werten sollte, der besorgt war wegen des Fiebers in der vergangenen Nacht, wegen des Schrecks des Albtraumes oder weswegen auch immer.

Aber meine Hand schien ein Eigenleben zu besitzen und machte sich lustig über meine Ängste vor einer bösen Reaktion und meinen blöden kalten Schweiß. Meine Hand, kaum zurückgehalten von meiner Entschlossenheit, darauf zu warten, dass er die Initiative ergreifen möge, drückte immer mehr, Stück für Stück, unmerklich an den Bund der blauen Badehose. Ich fühlte, genau in der Mitte dieser subtilen Linie, das – wie immer nicht zugeknotete – weiße Bändchen. Beim Hin- und-her-Streicheln verweilte meine Hand jedes Mal ein bisschen länger, ein bisschen fordernder an jener Stelle. Es kam der Moment, dass meine Hand, ohne dass ich es verhindern konnte, den Nylonstoff jenseits der Stelle streichelte, wo der Knoten hätte sein müssen, und entdeckte, berührte, erfühlte eine Ausbeulung, die sanft, aber unmissverständlich war. José hatte eine Erektion, die immer härter zu werden schien. Von da an fuhr meine Hand immer dichter, immer klarer und entschlossener über die seidige Oberfläche der blauen Badehose und verweilte bei jedem Hin und Her ein wenig länger an der Spitze dessen, was sich unter dem Stoff bäumte.

Mittlerweile war dies aber nicht mehr nur die Forschheit meiner Hand. Ich war es. Ich, ergeben angesichts der Offensichtlichkeit, dass ich zu weit gegangen war und es kein Zurück mehr gab, dass es für mein Verlangen, das mich machtvoll zu ihm hinzog, kein Halten mehr gab und dass sich diese fordernden, unaufhörlichen Berührungen noch irgendwie als freundschaftliche Streicheleinheiten interpretieren ließen.

Als ich mit erschrockener Sanftheit die Härchen berührte, die knapp über seinem steifen Glied unter der Hose hervorschauten, entfuhr José ein Seufzen. Er war wach, natürlich war er wach. Sicherlich tat er bereits seit geraumer Zeit nur so, als ob er schliefe, lange bevor meine Hand, vom Traum getrieben, begonnen hatte, ihn zu streicheln.

Jetzt lagen wir uns gegenüber, ohne uns zu sehen. Ich wusste, dass er wach war, und er wusste, dass ich es wusste. In diesem aufreibenden Schachspiel der Sinnlichkeiten war nun ich am Zug. Ich musste mich bewegen. Es schien mir zu schmutzig, einfach so zum Akt überzugehen, einfach so, ohne auch nur ein Wort. Aber … was konnte ich sagen? Mir gingen zahllose idiotische Sätze durch den Kopf. Ich war ich, Javier, sein Freund, der am meisten an ihn glaubte, der ihm so viel geholfen hatte, dem er so viel schuldete; ich war der, dem er vertraute, den er achtete, schätzte und bewunderte, und nun war ich hier, neben ihm liegend, ihn umarmend und scheu durch den Stoff der Badehose streichelnd. Niemals habe ich so lange gebraucht, um zwei Worte aneinanderzureihen, meine Stimme aus meiner Kehle herauszulassen: »Wie es scheint, bist du irgendwie erregt, Bursche?«, flüsterte ich, ohne dabei meinen Kopf von seiner Schulter anzuheben. José brauchte lange, um zu antworten.

»Mmmh.«

»Und wieso?«

»Na, es ist schon eine ganze Weile her, dass ich nicht … na, dass ich … eine Entladung hatte. Und da du nun angefangen hast, mich zu streicheln …«

Ich musste alles auf eine Karte setzen. Alles oder nichts. Ich holte Luft. Und traute mich, während ich zugleich spürte, wie mir der

Schweiß die Wange herunterlief: »Möchtest du, dass ich dir helfe … bei der Entladung?«

Ich zählte, atemlos, die Sekunden, die in Stille verstrichen. Fünf, zehn, fünfzehn …

»O.k. Wie du willst …«

Meine Hand öffnete sich und bedeckte nun ganz jenen Muskel, der steif und unbändig den blauen Stoff der Badehose nach oben drückte. Ich streichelte ihn, zuerst sanft, dann mit aller Raffinesse, derer ich fähig war, ließ meine Finger leicht um die Eier wandern, durch die Schamhaare, die unter dem Nylonstoff zu brennen schienen, über den harten Schaft, den nackten Bauch, den Ansatz der Oberschenkel. Dann, ohne zu zögern, glitt ich mit meiner Hand unter den Stoff und ergriff seinen Schwanz mit einer Geste, die ich Idiot mir immer noch als einen einfachen, freundschaftlichen Handgriff vorzustellen versuchte. Sein Glied glühte. Es war nicht zu groß, dafür aber perfekt geformt, seidig weich, steinhart und brennend heiß. Und die Erregung ließ es in meiner Hand unaufhörlich und in schnellem Rhythmus pulsieren. Ich begann, meine Hand zu bewegen, erst ganz langsam, hoch und runter, immer wieder, dabei ganz allmählich schneller werdend. José blieb ganz still liegen, es war aber zu spüren, dass sich das Ende immer mehr näherte.

»Hey, ich werde hier gleich alles vollsauen.«

Plötzlich richtete er sich auf, schlug den Schlafsack beiseite, der uns beide bedeckte, und schob sich die Badehose hinunter bis auf die Knöchel. Dann legte er sich wieder hin und schloss die Augen. Zum ersten Mal hatte ich ihn nackt und mit erigiertem Glied vor meinen Augen. Ich versuchte, ihm nicht ins Gesicht zu schauen, und masturbierte ihn weiter mit allen Tricks, die ich kannte. Aber auch mir vernebelte sich der Kopf: »Mann, wenn schon, wollen wir's auch gleich richtig machen.«

Ich drehte mich ihm ganz zu, und ohne eine Sekunde zu zögern, nahm ich seinen Schwanz in ganzer Länge in meinen Mund. José bog sein Kreuz wie eine Weidenrute. Ich begann, dieses pulsierende, heiße, zarte Stück Fleisch zu lutschen, fuhr mit der Zunge über die Eichel, über die ganze Länge des schlanken Schaftes, der noch weiter zu wachsen schien; streichelte ihm dabei die Eier und stieß mir seinen Schwanz ein ums andere Mal tief in den Rachen, umspannte ihn mit meinen Lippen, bis es mich fast schmerzte, bis ich fast erstickte, bis ich seine Hände auf meinem Hinterkopf fühlte, die durch mein Haar strubbelten und meinen Kopf zwangen, weiterzumachen, mich im Genick packten und den Rhythmus vorgaben, den er wollte, mit dem er mich in den Hals stieß, bis ich fühlte, dass er jeden Augenblick explodieren würde. Von da ab übernahm ich wieder die Führung und nahm den nassen, prallen Schwanz aus dem Mund und verlängerte die süße Agonie, indem ich zugleich meine Zunge und meine Finger in die kleine, feste Oberfläche seiner Eier versenkte, nur ganz kurz, um dann zur zitternden Schwanzspitze zurückzukehren und sie mir in einem Schwung tief in den Hals zu stoßen.

»Halt, Javier … warte! Nein, nicht … stopp …«

Es war ein kochender, brutaler Schuss; dann noch einer und noch einer, eine endlose Salve, die mir den ganzen Mund verbrannte, die mich zwang, so schnell zu schlucken, wie ich konnte, ohne aufzuhören zu saugen, rauf und runter. Damit du es dir merkst, dachte ich, das wirst du nie vergessen. Rauf und runter, bis ich spürte, wie der Druck seiner Hände auf meinem Kopf nachließ, seine Muskeln nachgaben, sein Rücken sich senkte, sein Kopf nach hinten sackte, kraftlos, auf die Zelttasche, und er völlig regungslos liegen blieb, nur noch in Abständen von kurzen Zuckungen geschüttelt, die dann ganz aufhörten. Er lag da, mit geschlossenen Augen, und atmete heftig.

Ich richtete mich auf und sah ihn an. Er blieb einen Moment lang regungslos. Ich wusste nicht, was ich tun sollte.

»Und? Alles gut?«, flüsterte ich unsicher.

»Oh ja, sehr gut«, antwortete er.

Plötzlich, mit einer raschen Bewegung, ohne dass sich unsere Blicke auch nur ein einziges Mal kreuzten, setzte er sich auf, zog sich die Badehose wieder hoch und stand auf.

»Ich geh mal pissen«, sagte er und ging einfach hinaus. Es war offensichtlich, dass – zumindest für ihn – die Sache beendet war. Mein Schwanz stand wie ein Pfahl und meine Hoden warteten schmerzlich auf Erleichterung, aber es war klar, dass ich dafür nicht auf José zählen konnte. Zumindest nicht zu diesem Zeitpunkt. Ich setzte mich hin und zündete eine Zigarette an. Er kam nach ein paar Minuten zurück.

»Na gut, was machen wir?«

»Was du willst«, gab ich zurück.

»Nein, Mann, was du willst«, er zwang sich zu lächeln, »du bist derjenige, der die Gegend hier kennt, oder?«

Ich schaute ihn an und war bemüht, dass meinem Gesicht nicht der Anflug von Groll anzumerken war, den ich in meinem Magen spürte. Es bestand nicht der geringste Zweifel, dass José nicht dazu bereit war, zu machen, was ich wollte. Aber ich nahm es sportlich.

»Na gut«, lächelte ich, »der Plan sieht vor, den Caín de Arriba zu besteigen und dort das Zelt aufzuschlagen. Von da nehmen wir den Kammweg. Was macht dein Fieber?«

»Gut, ist überstanden.«

»Lass mich mal fühlen.«

»Nicht nötig«, ich glaubte wahrzunehmen, wie er errötete, aber er stand im Gegenlicht und ich konnte ihn nicht gut erkennen. »Ich habe kein Fieber mehr, ehrlich.«

»Also meinetwegen«, ich stand unvermittelt auf; er sah meine Erektion und wandte sofort seinen Blick ab, »dann packen wir erst mal unser Zeug rasch zusammen. Der Tag muss ausgenutzt werden.«

Fünf Minuten später wanderten wir mit den Rucksäcken beladen wieder durchs Dorf. Es war zehn Uhr morgens und nach dem Regen der letzten Nacht strahlte die Sonne an einem wolkenlosen Himmel. José mit wirrem Haar wanderte, schaute und bestaunte mit offenem Mund die riesigen Felskuppen, die das Dorf umgaben und so wirkten, als würden sie jeden Moment auf das Dorf niederstürzen.

»Komm, hier geht's lang.«

»Da lang? Und wo sollen wir das Zelt aufschlagen?«

Ich streckte den Arm aus.

»Schau mal da oben. Siehst du dieses einzelne Haus, was da ganz oben zu erkennen ist?«

José sah mich an, grinste und runzelte die Stirn: »Bist du verrückt? Wir sollen bis da raufgehen? Aber das ist ja …«

»Am Arsch der Welt, ich weiß. Aber da wollen wir hin.«

Ich spürte, wie mir wieder das Blut ins Herz schoss, als es mir gelang, ihm wieder zuzulächeln. Noch hatte ich den frischen Geschmack seines Samens auf der Zunge und auf den Wangen die Farbe der Verachtung, mit der er mich nach dem Abspritzen ignorierte, aber das Schlimmste war die Gewissheit, dass sich etwas ganz Wichtiges verändert hatte: Jetzt, wo ich seinen Körper endlich berührt hatte, wo ich endlich seinen Schwanz in meinem Mund gespürt hatte, nachdem ich monatelang diesen Moment ersehnt hatte; jetzt, wo ich seine Lust gefühlt hatte, seine ungeheure Lust, neben mir, in mir; jetzt warnte mich etwas tief in meinem Inneren: Ich begann, mich in meiner eigenen Unvorsichtigkeit zu verfangen, oder in meiner Sehnsucht, oder in meiner Liebe.

Ich hatte eine Schwelle überschritten, jetzt gab es kein Zurück mehr. Er war nicht mehr in der Art mein, wie er es noch bis gestern gewesen war. Das, was geschehen war, konnte uns beide in völlig andere Persönlichkeiten verwandeln als die, die wir bisher gewesen waren. Ich hatte den unbestimmten Eindruck, dass der Boden unter mir zu schwanken begann, dass mir etwas aus den Händen glitt: Bis dato war ich von uns beiden der Ältere, der Lehrer, der Tröster, der

Wissende. Jetzt war ich mir dessen nicht mehr sicher. Jetzt – und das hatte es zuvor nicht gegeben – hatte José etwas, was er mir zu verzeihen hatte.

Aber er, José, lächelte mich mit jenem Witzfigurengesicht an, das sagen wollte: Du bist wohl verrückt geworden, wie sollen wir da denn raufkommen, und versuchte so zu tun, als wäre nichts geschehen, fast schien es mir, als wolle er damit vorschlagen, dass wir das Geschehene vergessen sollten, um da weiterzumachen, wo wir gestern Abend aufgehört hatten, um sein Glücklichsein wiederherzustellen, sein Vertrauen in mich. Ich wusste, obschon ich es noch nicht glauben wollte, dass dies unmöglich war, dass ich das nicht mehr konnte, sondern – wie ich selbst kurz zuvor gesagt hatte – dass ab jetzt geschah, was er wollte. Aber … wenn ich mit ihm gemeinsam so tat, mit ihm gemeinsam das gefährliche Spiel Heute-ist-doch-gar-nichts-gewesen spielte, würde ich vielleicht meine Freude wiedererlangen können, würde ich vielleicht meinen Mut auf den Moment konzentrieren können, von dem ich träumte, seitdem ich ihn kennengelernt hatte, auf den Moment, wo – dank eines Wunders, das ich mir nicht einmal vorstellen konnte – er mir die Türen seines Herzens öffnen würde. Das war für mich ja bereits vertrautes Terrain, schließlich hatte er sie mir in der Vergangenheit bereits mehrmals geöffnet. Wenn ich aber das Geschehene für erobertes Terrain hielte und mich meinem ungestümen Verlangen, ihn unablässig küssen und herzen zu wollen, hingeben würde, so würde ich alles verderben. Also griff ich die Stimmung auf, die er mir mit seinem unschuldigen Lächeln anbot: »Was ist? Kommst du da nicht rauf mit deinem Rucksack, Kleiner?«

Er lachte. »Wo du hinkommst, da komme ich auch hin.«

»Das werden wir erst noch sehen«, flüsterte ich, mir fast auf die Zunge beißend. Warum sagte José immer mehrdeutige Sachen? Wir setzten uns wieder in Bewegung. Ich ging voran und beschleunigte den Schritt. Der Aufstieg nach Caín de Arriba war ein schmaler Ziegenpfad, der grob in den blanken Fels gemeißelt war, eine gefährliche und steile Wanderung, zur Rechten die fast senkrechte Felswand, zur Linken, in einem Meter Entfernung, der immer tiefere Abgrund hinunter zum Fluss. Dazwischen der steinige, steil ansteigende Pfad. Ich setzte einen Schritt vor den anderen, im Rhythmus meiner Atmung. José blieb zurück.

»Wirst du müde?«

»Nein …«

»Na dann weiter!«

Und stell dich nicht so an, dachte ich, voller Rache. Als wir oben auf der kleinen Alm, die ich so gut kannte, lange vor Mittag ankamen, schnaufte José wie ein Büffel, mit rotem Kopf und Schweißbächen auf Wangen und Stirn.

»Sind … wir … da?«

»Nein, das war erst die Hälfte der Strecke.«

»Wirk… wirklich?«

»Ach Quatsch, du Depp«, lachte ich, »wir haben es geschafft. Los, komm, wir bauen das Zelt auf. Such einen Stein, um die Heringe einzuschlagen.«

In zehn Minuten war unser orange-blaues Zelt aufgebaut. José setzte sich ins Gras, das vom Regen in der Nacht zuvor noch feucht war, und schaute in die Landschaft. Ich blieb neben ihm stehen.

»Und? Was denkst du?«, fragte ich ihn.

»Keine Ahnung. Ich bin überwältigt.«

Gegenüber den uns umgebenden Felswänden von Caín de Arriba erhob sich in der blauen Ferne beeindruckend und großartig der Peña Santa de Castilla, dessen Spitze von ewigem Schnee bedeckt war. Etwas näher lag der Peña Luenga, ein Berg wie mit dem Messer geschnitten, senkrecht und bedrohlich. Ein unmöglicher Weg schlängelte sich an ihm in die Höhe, hoch hinauf zu den kalten Höhlen, in denen die Einheimischen den Käse reifen lassen. Wenige Meter von der verträumten Alm, auf der wir uns befanden, standen die leeren Häuser des verlassenen Dorfes, die sich zu weigern schienen zusammenzustürzen, obgleich von Zeit und Vergessen bedroht. Das Gras, hoch und schön, wucherte überall so unkontrolliert, dass die Buchen, die riesigen Eichen und Farne auf einem grünen, immer wogenden Meer zu segeln schienen.

»Komm mal her, ich will dir was zeigen.«

José kam näher, an einen großen Stein heran, der genau in der Mitte der Wiese lag.

»Und was siehst du?«, fragte ich.

»Sieht aus wie Wachs, oder?«

»Es ist Wachs. Das sind noch Reste von meinem letzten Besuch. Hiervor wird nachts ein Lagerfeuer gemacht und auf dem Stein werden Kerzen angezündet. Das machen wir heute Abend auch, wenn wir zurück sind.«

José sah mich an, lächelnd, glücklich. Zumindest erschien er mir glücklich. Ich drängte zur Eile. »Wir sollten uns auf den Weg machen.«

»Schon?«

»Na klar. Oder was willst du sonst machen?«

»Hm … keine Ahnung. Es käme gar nicht schlecht, sich ein bisschen zu waschen, oder?«

Ich guckte ihn mir an.

»Wie du dir denken kannst, gibt's hier keine Duschen … aber da unten, den Weg da runter, da ist der Fluss. Und mach dir keine Gedanken, hier oben ist niemand, der sich darüber aufregen könnte. Wir sind ganz allein. Hast du Seife dabei?«

»Hab ich.«

»Also dann. Ich warte hier auf dich, wenn du zurück bist, geh ich«, sagte ich mit leichtem Unterton, »und pass auf mit dem Wasser.«

»Warum? Ist es tief?«

»Nein, aber es ist eiskalt. Du wirst es schon merken …«

Selbstverständlich folgte ich ihm, ohne dass er etwas davon mitbekam. Er ging zu der breiten Ausbuchtung des Flusses, wo das Wasser ruhig war, schaute sich in alle Richtungen um und begann sich auszuziehen. Es war das dritte Mal, dass ich ihn völlig nackt sah, doch diesmal wusste er es nicht. Der Anblick Josés, wie er in der Morgensonne unbeholfen über die Steine stolperte, schlank und schön; wie er einen Fuß ins Wasser tauchte und ihn sofort wieder zurückzog, als hätte er sich verbrannt, ihn dann wieder eintauchte, ein paar Schritte weiter hineinging und sich dann inmitten des glasklaren Wassers tief bückte, um sich das Gesicht zu waschen, war wie die Auferstehung eines antiken Gottes. Niemals habe ich etwas Schöneres gesehen, nichts Unschuldigeres und zugleich Anziehenderes und Aufregenderes. Das war zu viel für mich, das war mehr, als ich nach der morgendlichen Frustration in der Hütte ertragen konnte. Ich holte meinen Schwanz aus der Hose und begann mich zu streicheln, zuerst langsam, dann mit mehr Energie. José balancierte im Wasser und seifte sich langsam die Arme ein, die Brust, den Stummelschwanz. Ich merkte, wie meine Zähne aufeinanderschlugen. Als José mit der seifigen Hand mit atemberaubender Langsamkeit durch seine Arschritze fuhr und um seine Eier, an denen weißer Seifenschaum hängen blieb, explodierte ich mit all meiner Wut, ich spritzte gewaltig, wild, nachtragend meinen zu lange Zeit und während zu vieler erregender Momente aufgestauten Saft in hohem Bogen durch die Luft, bevor er einige Meter entfernt auf die Kieselsteine klatschte. José hatte sich mittlerweile in den Bach gesetzt, wusch sich die Seife vom Körper, völlig unbefangen und ahnungslos. Das wirst du mir noch büßen, Kleiner, dachte ich, stöhnend, ich schwöre dir, das wirst du mir noch büßen, und zwar richtig. Ich schlich mich, fast auf allen vieren, davon, zurück zum Zelt. Ich blieb einen Augenblick an jenem Punkt stehen, von wo ich die Badestelle am Fluss gerade noch sehen konnte. José war wieder am Ufer und trocknete sich in aller Eile ab. Als ich sah, wie er sich anzog, begann ich wieder nervös zu werden: Er zog sich nicht die Badehose an, sondern schlüpfte gleich in die Jeans. Allein die Vorstellung, wie José den ganzen Tag über unter seiner abgewetzten Jeans nackt sein würde, ließ schon wieder Blut in meinen Schwanz strömen.

Als er zum Zelt zurückkam, lächelnd und sein nasses Haar in der Sonne schüttelnd, saß ich im Gras und rauchte.

»Wie war das Wasser?«

»Höllisch kalt, du hattest recht. Aber nach zwei Minuten gewöhnt man sich dran.«

»Na gut, dann bin ich jetzt dran. Ich beeile mich, ja?«

»O.k.«

Als ich anfing, mich an der Badestelle am Fluss auszuziehen, schoss mir – ich weiß nicht, ob Unsinn, oder Vorahnung – die Idee durch den Kopf, dass José mich ebenso beobachten könnte, wie ich ihn beobachtet hatte. Ich wurde auf der Stelle geil. Ich schaute verstohlen zu dem Versteck, wo ich gestanden hatte: Nichts regte, nichts bewegte sich, aber das musste nichts heißen, man konnte sich hier überall verstecken. Ich zog mich langsam aus, mit dem Rücken zum Weg: Wenn er da war, musste er dort irgendwo stehen. Ich knöpfte langsam mein Hemd auf, die Hose, zog mir aufreizend den Slip herunter und dann, völlig nackt, ging ich ganz natürlich zum Wasser. Es war eiskalt, aber ich gestattete mir kein einziges Zucken oder Zögern. Ich machte mir die Hände nass und danach den gesamten Körper, immer mit dem Rücken zum Weg. Dann begann ich mich einzuseifen. Den Kopf, die Achseln, meine behaarte Brust, den Bauch … Als meine schaumigen Finger meinen Schwanz erreichten, drehte ich mich ganz langsam um und präsentierte den Bäumen, den Steinen, dem Weg, den majestätischen Bergen und, wer weiß, vielleicht auch José meine prachtvolle Erektion. Im prallen Sonnenlicht. Ich machte die Beine breit, schloss die Augen und begann ganz langsam zu wichsen, ganz leicht. Ich verteilte den Schaum auf der gesamten Länge meines Schwanzes, streichelte mir provozierend die Eier, während ich vor meinem inneren Auge José nackt unter seiner Jeans sah. Ich fing an, nur durch die Nase zu atmen, ich fühlte mich seltsam, wie ein Exhibitionist, wie einer jener Pornodarsteller, die umso erregter werden, je mehr Leute ihnen zugucken, wie einer jener Jungs, die in den Sexshows arbeiten und vor Leuten masturbieren, die, versteckt hinter den verspiegelten Scheiben der Kabinen, alles Mögliche dafür geben würden, das anzufassen, was sie nur anschauen dürfen. Dort stehend, meine linke Hand in die Hüfte gestützt, stieß ich mit meinem Becken nach vorn, meine rechte Hand fuhr immer schneller an meinem harten, seifigen Schaft auf und ab. Ich fühlte mich herrlich schmutzig, befriedigt, verrucht, großartig und elend; verführt, ja; gefangen, ja; Gefangener meiner eigenen Sehnsucht, ja. Aber auch verführerisch und rachsüchtig, wie es nur jemand sein kann, der einen anderen mehr liebt als sich selbst. Ich spürte, wie ich mich dem Ende näherte. Ich öffnete halb meine Augen: Es war keine Spur von José zu entdecken, dafür sah ich ganz klar die Schritte, mit denen er im weiteren Verlauf des Tages vor mir wandern würde, den lockeren Schwung seines perfekten Hinterns in der zu weiten Jeans, gleich nachher und nur für mich, seinen Schwanz, den man bei jedem Schritt würde sehen können, wie er sich pendelnd unter dem Jeansstoff abzeichnete. Ich sah vor meinem inneren Auge, was ich mit Sicherheit in den nächsten Stunden sehen würde. Erregt, entrückt, mit einem Gefühl, das der Trunkenheit nicht unähnlich war, stellte ich mich mit dem Profil in die Richtung, aus der er mich möglicherweise beobachtete, und schob, ohne zu zögern, die linke Hand zwischen meine Arschbacken, fuhr mit zwei Fingern über mein Loch, streichelte mir sanft die Stelle zwischen Eiern und Arsch, wichste dabei immer schneller und heftiger: José, José, hörte ich mich sagen, hörte ich mich denken, ich wusste nicht, ob ich laut gesprochen hatte oder ob es nur der Widerhall meiner Gedanken war, der in meinem Gehör dröhnte, nur dieses Wort, das unwahrscheinliche

Bild Josés, wie er, hinter den Büschen versteckt, mich beobachtete, vor Erregung Speichel schluckend, José, José, das wirst du mir büßen ... Mein Samen spritzte wieder weit aus mir heraus, diesmal von der Sonne vergoldet, wie ein funkelndes Insekt, das aus meinem Innersten hinaus in die Freiheit flog. Ich stöhnte übertrieben, absichtlich, dass er mich nicht nur sehen, sondern auch hören sollte. Danach, mit einstudiertem Lächeln, fing ich die letzten Tropfen meines dicken Spermas mit der Hand auf und verteilte sie auf meinem Bauch, meiner Brust, verrieb es mit der Seife in meinen dunklen Haaren. Anschließend, genau so, wie er es gemacht hatte, setzte ich mich in das steinige Flussbett, um mich zu waschen, mich zu entspannen und meinen Kopf klar zu bekommen.

Als ich einen Moment später, bereits abgetrocknet, anfing mich anzuziehen, steckte ich meine schmutzige Wäsche in die Tasche und zog mir direkt die Hose an. Wenn wir schon spielen, dann spielen wir beide, sagte ich mir, hinterhältig lächelnd. Ich ging zurück zum Zelt. José saß mit dem Rücken zu mir und rauchte.

»Hab ich lange gebraucht?«

»Ach Quatsch, überhaupt nicht.«

»Ist dir langweilig?«

»Mir? Wieso? Mir ist doch nicht langweilig!«

Ich räumte das ganze Gepäck ins Zelt, zog den Reißverschluss zu und verschloss ihn mit dem kleinen Vorhängeschloss.

»Na gut, dann lass uns gehen. Geh du vor, denn jetzt geht's bergab. Pass auf die losen Steine auf, die sind in dieser Jahreszeit sehr rutschig.«

»Ja, keine Sorge.«

»Hey, was ist denn mit dir los? Du zitterst ja wieder.«

»Ich? Quatsch, wieso sollte ich zittern? Nein, mir geht's gut. Los, lass uns gehen.«

Wir wanderten los. Ich sah ihn mir von hinten an. Selbst von hinten war unverkennbar, dass er rot wie eine Tomate war.

Er hatte alles beobachtet.

Ich lächelte und biss die Zähne zusammen.

Er hatte alles komplett beobachtet.

Wir durchschritten rasch das Dorf, und nachdem wir die Brücke überquert hatten, stiegen wir direkt in die Klamm, die Garganta del Cares. Gleich am Anfang war sie wie ein Tunnel, eng und feucht. José beugte sich weit in die schmale Öffnung nach oben hinein, überwältigt von den beiden senkrecht pa-rallel zueinander aufschießenden Felswänden, in die sich der Fluss scharf eingegraben hatte. Dann öffnet sich die Schlucht wieder zu einer hinreißenden Landschaft. Wir hatten nur unsere um die Hüften geknoteten Regenjacken, die Wasserflasche und den Fotoapparat dabei, den ich bediente: José lächelnd über eine der Tunnelöffnungen gebeugt; José vor einem gigantischen Efeu, der von weit oben herunterwucherte; José nervös, vor Schwindel schwankend, auf der schmalen Brücke, der Puente de los Rebecos, die sich über einen tiefen Abgrund spannte; José auf der Puente Bolin, Steine in den fernen Fluss schleudernd; José im Gegenlicht vor einem beeindruckenden Lichtschacht in der Klamm; José sitzend; José stehend; José von hinten, im Gehen (nur ich konnte auf diesem Foto seinen zauberhaften kleinen Hintern sich unter dem blauen Stoff bewegen sehen; die nackte zarte Haut, die Nähte der Jeans berührend); José von vorn, wie er mich anlächelt …

»Zieh doch nicht so ein blödes Gesicht«, machte ich mich hinter der Kamera über ihn lustig.

»Ich? Was soll ich denn für ein Gesicht machen?«, errötete er, wurde lockerer und lächelte schließlich das Lächeln, das ich wollte.

Die Wanderung, hin und zurück waren es mehr als zwanzig Kilometer, nahm den Rest des Tages in Anspruch. Am Anfang liefen wir bequem, betrachteten die Landschaft, machten Fotos, plauderten über dieses und jenes. Dann, kurz bevor wir nach Poncebos kamen, machte ein mörderisch steiler und steiniger Abhang die Tour zu echtem Sport. José, der nicht so daran gewöhnt war wie ich, zeigte Ermüdungserscheinungen.

In der Dorfschenke tranken wir einen Kaffee, keine zehn Minuten lang. Den Rückweg, schon bei untergehender Sonne, machten wir schnellen Schrittes und sehr schweigsam. Die Feuchtigkeit, die mit der Dämmerung von den Hängen herunterkroch, wurde spürbar. Ich gab ein rasches Tempo vor, damit wir nicht erst in der Dunkelheit unser Zelt erreichten.

»Hör mal, Javier …«

»Ja, was denn?«

»Warum machen wir nicht eine Pause?«

»Bist du müde?«

»Na ja, ein bisschen, es geht schon noch.«

»Zwei Ecken weiter kommt der Wasserfall, dort können wir unsere Wasserflasche auffüllen. Schaffst du es noch oder soll ich dich tragen?«

»Ich schaff es schon«, lachte José.

Er schaute mich wieder mit offenem Blick an. Wenn er sich vorgenommen hatte, zu ignorieren, was heute Morgen vorgefallen war, so schien es ihm zu gelingen. Aber ich wusste, ebenso wie er, dass da etwas zwischen uns stand, dass es ein Vakuum zwischen uns gab, das wir füllen mussten. Als wäre es die Stimme eines anderen, überraschte mich die Gelassenheit, mit der die Worte ohne diese Angst, die mich gepeinigt hatte, als ich ihn erst vor ein paar Stunden in der Hütte gestreichelt hatte, aus mir herauskamen. Wir saßen nebeneinander vor dem Wasserfall.

»Möchtest du reden?«, fragte ich.

»Ja, klar. Worüber denn?«

»Na ja, heute Morgen ist etwas passiert zwischen dir und mir. Etwas, was zuvor nie passiert ist. Hast du es schon vergessen?«

Er zündete sich eine Zigarette an. »Nein, natürlich nicht. Ich hab's nicht vergessen.«

»Und? Was denkst du?«

José rauchte, schaute auf die Felsen.

»Nichts. Ich denke nicht darüber nach … ich meine, doch, ich denke natürlich. Ich meine, es ist nicht der Rede wert, oder? So was kommt unter Freunden eben vor, oder? Das hat aber nichts zu bedeuten, das heißt nicht, dass … Na ja, du weißt schon.«

»Ja. Hast du so was schon mal vorher gemacht?«

»Niemals, nein.«

Und dann passierte es. Es war ein bodenloses Fettnäpfchen, ich weiß. Aber ich schwöre, dass mir die Frage wie von selbst, unschuldig, unüberlegt über die Lippen kam. Es war einer jener Momente, in denen der Kopf das eine denkt und die Zunge das andere sagt.

»Und? Würdest du es wieder tun?«

José schaute mir brüsk in die Augen. Seine Miene blieb unbewegt, aber tief im Blick lag etwas Wildes, Schreckliches.

»Klar, wieso nicht?«

Ich schluckte.

»Nein, du hast mich falsch verstanden. Ich meinte …«

»Ich weiß, was du meintest. Und ich habe dir gesagt, ich habe kein Problem damit. Klar?« Er zog lang an der Zigarette und schnippte sie weit von sich. »Aber setz nicht so einen Blick auf, verdammt …« Er lächelte mich ruhig an und gab mir einen leichten Klaps auf die Schulter. »Los, und jetzt komm, sonst wird's ganz finster«, sagte er und stand auf.

Wir wanderten weiter. José war wie verändert. Er wurde plötzlich ganz merkwürdig gesprächig, lachte, stellte mir Fragen über die Felsspitzen, die uns zu überwachen schienen, über die Entfernung zum Fluss, über den Regenschirm-Pedro aus Caín, er zwang mich zum Reden und riss Witze. Ich hatte nur wissen wollen, ob er es sich überhaupt vorstellen konnte, Liebe, Sex oder wie immer er es nennen möchte, mit einem Jungen zu machen; irgendwann, irgendwo, mit irgendwem. Aber ich hatte meine Frage so ungeschickt gestellt, dass er sie als sofortigen Vorschlag verstanden hatte, für heute Nacht, zwischen ihm und mir. Und er hatte Ja gesagt. Mein Stolz war am Boden zerstört. Ich verzehrte mich nach ihm, aber ich schwor mir hundert, tausend Mal, dass ich heute Abend um nichts in der Welt keine Faser seiner Kleidung auch nur flüchtig streifen würde. Das war es nicht, in keinster Weise war es das, wovon ich träumte. Ich wünschte mir sehnlichst, versuchte und bemühte mich, dass er mich lieben möge, aber keinesfalls würde ich von ihm schnellen Sex erbetteln. Ich wollte Liebe, keine Almosen. Da gab es keine Kompromisse.

»Warum bist du denn auf einmal so schweigsam, Herr Lehrer? Uiii, und so ernst …«

»Bin ich schweigsam?«

»Warte, komm, ich mache mal ein Foto von dir.«

»Es ist doch viel zu dunkel, José.«

»Wieso? Mit Blitz … Sag, hat diese Spielzeugkamera einen Selbstauslöser?«

Die Kamera, auf einen Stein gestellt, lichtete das Bild ab: ich, wie ein Idiot mit verkrampftem Lächeln, mit vor den angezogenen Knien verschränkten Armen; José breit grinsend und mit dem Arm um meine Schulter, sein Gesicht so nah an meinem.

»Gibt es Kerzen?«

»Kerzen? Klar, mein Junge, hier sind die Kerzen. Wie viele sollen's denn sein?«

»Zwei von den langen. Na, besser drei.«

»Bitte sehr, drei lange Kerzen. Braucht ihr sonst noch etwas?«

»Eine Flasche Ballantine's.«

»Eine Flasche was?«

Die Señora Casilda, riesenhaft hinter dem Ladentisch, immer

schwarz gekleidet, hörte schwer. Ich versuchte, José aus dem Laden zu schleifen.

»Nichts weiter. Hören Sie nicht auf ihn. Los jetzt. Komm, wir gehen.«

»Nein, nein«, José zeigte mit dem Finger auf das Regal, »eine Flasche Whiskey bitte, diese dort.«

»Ihr macht wohl ein Fest, was? Na, mir soll's recht sein. Aber treibt es nicht zu bunt. Ei, diese Jugend … Also was haben wir da denn nun? Zwei Dosen Muscheln, Sardellen, Brot, die Zigaretten, die Kerzen, die Flasche … macht dann zusammen …«

Wir zahlten. José wartete nicht einmal, bis wir aus dem Dorf raus waren, bevor er die Whiskeyflasche öffnete und sich einen ersten Schluck in die Kehle goss, worauf ihn ein Hustenanfall schüttelte. Ich fing an, mir Sorgen zu machen.

»Sag mal, was soll das? Wozu brauchen wir denn den Whiskey?«

»Na, die Señora hat es doch schon gesagt: Wir machen heute ein Fest, oder nicht?«

»Wenn du meinst … aber warte, bis wir oben sind. Wenn du noch so einen Schluck nimmst wie den eben, wirst du vom Weg abkommen.«

»Ja, o.k. … Sag mal, woher nehmen wir das Feuerholz?«

»Was für Feuerholz?«

»Du hast gesagt, wir machen heute Abend ein Lagerfeuer.«

Ich konnte nicht anders, ich musste lächeln. Verdammtes, wunderbares kleines Aas. Ich strubbelte ihm durch die Haare und zog ihn in Richtung unseres Weges zum Caín de Arriba.

»Wir klauen welches weiter oben, aus einer der Scheunen, mach dir darüber keine Gedanken. Hauptsache, wir gehen jetzt mal los, denn in einer halben Stunde sehen wir die Hand nicht mehr vor den Augen.«

»Du gehst voran, Bursche?«

»Nein, du gehst vor, denn wenn du hinten gehst, kippst du dir ganz allein den Whiskey im Gehen rein, du Schlitzohr.«

Ohne das Gewicht der Rucksäcke war der Weg zur Alm gar nicht so anstrengend. Am Zelt angekommen, machte sich José daran, den Einkauf zu verstauen, während ich mich auf den Weg zur nächstliegenden Scheune machte. Als ich mit den Armen voll trockenen Brennholzes zurückkam, war der große Stein in der Mitte der Wiese in einen Altar verwandelt. José hatte die Kerzen mit dem Messer durchgeschnitten und die einzelnen Stücke in passende Stellen des Steines gesteckt und war gerade dabei, sie anzuzünden. Er lächelte mich mit dem noch brennenden Feuerzeug in der Hand an.

»Gefällt es dir so?«

»Es ist wunderschön«, sagte ich und lächelte ihn an, gerührt. »Du bist einfach spitze, Bonaparte!«

»Na, und jetzt bist du dran, Bursche.«

Zehn Minuten später saßen wir nebeneinander im Gras, an den großen Stein gelehnt, und schauten entspannt zu, wie die Flammen von tausend Funken begleitet hochloderten. Hinter dem Peña Santa im Westen war am Himmel noch ein kleiner Streifen dunkelroten Lichtes zu erkennen. Am anderen Ende des Tales versanken die beiden spitzen Felsen, durch dessen Klamm wir gewandert waren, in völliger Dunkelheit.

»Und was ist jetzt? Darf ich jetzt trinken?«

»Jetzt bin ich erst mal dran. Immer schön abwechselnd, ja!?«

Wir tranken. José neigte seinen Kopf so weit nach hinten, dass sein Nacken auf dem rauen Felsen lag. Er lächelte und schaute in den Sternenhimmel.

»Heute war ein toller Tag«, sagte er schwärmerisch.

»Ja?«

»Ja klar. Der Weg, den du mir gezeigt hast, war das Schönste, was ich je gesehen habe.«

»Ich dachte, dir wäre der Weg lang geworden.«

»Mir? Lang?«, er packte die Flasche beim Hals und nahm einen endlosen Zug. »Du bist solche Wege einfach mehr gewohnt und hast einen schnelleren Schritt als ich, aber mir ging's nicht schlecht.«

»Und wie ging's dir?«

»Gut«, er lächelte mich an, »ich war mit dir zusammen.«

»Das heißt …?«, ich spürte den Stich, aber ich sah weiterhin, absichtlich abwesend, in die gaukelnden Flammen.

»Das heißt, mir geht es immer gut, wenn ich mit dir zusammen bin. Gib mir mal die Flasche, komm, ich bin wieder dran. Sag mal, schwitzt du dich nicht tot?«

»Nein.«

»Also ich schon. Das Feuer ist irre heiß, Bursche.«

Er nahm einen tiefen Schluck und knöpfte sich das Hemd auf. Ich rührte mich nicht, schaute ihn nicht an.

»Trinkst du nicht?«

»Wie sagt mein Vater«, lächelte ich, »einer in dieser Familie muss ja vernünftig bleiben. Aber komm, gib her.«

Er gab mir die Flasche mit unsicherer Geste und lehnte seinen Kopf sofort wieder gegen den Stein. Er schloss die Augen.

»Was hältst du von Beatriz?«

Ich verschluckte mich.

»Von wem?«

»Beatriz, das Mädchen aus dem Schwimmbad. Die mit den langen Haaren. Die, wegen der du mich damals so angeschnauzt hast.«

»Keine Ahnung, ich kenne sie ja nicht.«

»Aber sie gefällt dir nicht, du Bursche? Oder?«, er lachte. Die Zunge begann ihm schwer zu werden.

»Die ist doch echt obergeil. Voll obergeil, oder?«, bohrte er.

Ich schwieg.

»Findest du nicht, dass die echt voll obergeil ist, Mann? Die hat ein paar Titten … Aber klar, du bist ja jetzt mit Ani zusammen … Soll ich dir ein Geheimnis verraten?«

»Wie du willst.«

Er richtete sich unter Schwierigkeiten auf und setzte sich dichter neben mich. Unsere Arme berührten sich.

»Ana kann mich nicht ertragen. Sie hasst mich. Aber das ist mir egal.«

»Ana liebt dich mehr, als du dir vorstellen kannst«, log ich. »Ihr müsst nur mal miteinander reden. Und ich bin sicher, dass es dir nicht egal ist.«

»Doch, es ist mir völlig egal. Echt, total egal! Denn ich habe alles, was sie gerne hätte. Wo ist die Flasche?«

Er entriss sie mir mit einem Ruck und trank hastig. Dann wischte er sich den Mund am Ärmel ab. Der Lichtschein des Feuers erhellte sein Gesicht. Ich sah ein bitteres Lächeln auf seinen Lippen.

»Was hast du denn, was Ana gerne hätte?«

»Ich habe dich«, flüsterte er, mit schwerer Zunge die Silben lang ziehend, und ließ seinen Kopf schwer auf meine Schulter fallen. »Du bist mein Freund, du bist hier mit mir. Das kotzt sie total an, Mann … Du bist doch mein Freund, oder?«

»Klar bin ich das. Komm, José, hör auf zu trinken, wir verderben uns sonst das Fest.«

»Aber mir geht's doch gut«, sagte er lallend. »Na gut, ein bisschen schwindelig, hehe. Hör mal, das Feuer hier geht aus. Soll ich noch mehr Holz holen? Du sagst mir, wo, und ich hole es. Wirklich, ich gehe. Bleib sitzen.«

Ich legte noch ein paar Holzstücke ins Feuer. Das Feuer wuchs in einer Wolke rot glühender Funken. Ich sah, wie José sich Stiefel, Socken und Hemd auszog und sich neben dem Stein im Gras ausstreckte. Die Kerzen waren am Verlöschen.

»Du wirst dich erkälten.«

»Ach was. Komm her.«

Ich setzte mich an dieselbe Stelle, wo ich bereits zuvor gesessen hatte. José, barfüßig, nur noch mit der Jeans bekleidet, umarmte mich, fasste mich um die Taille und legte seinen Kopf an meine Schulter.

»Was machst du denn?«

»So wird mir nicht kalt.«

»Du hast zu viel getrunken.«

»Na und?«

Ich zündete eine Zigarette an und rauchte schweigend mit dem Blick ins Feuer. Nein, sagte ich mir, du wirst jetzt nicht noch einmal alles kaputt machen. Diesmal nicht. Ich betete zum Himmel, dass José in meinen Armen einschlafen möge.

»Soll ich dir ein Geheimnis verraten?«

»Na gut, meinetwegen«, seufzte ich.

»Aber das bleibt unter uns! Das darfst du nicht weitersagen.«

»Nein, José, natürlich nicht. Jetzt sag schon.«

»Aber niemandem sagen, Bursche? Ehrlich!«

»Ja, José, ich verspreche es dir. Um was geht es?«

»Nichts Besonderes ... aber ich kenne jemanden, der in dich verliebt ist.«

»Ja, Ana. Das ist nichts Neues.«

»Nein«, flüsterte er und rieb seinen Kopf an meiner Schulter, »nicht Ana. Ein Junge.«

»Was?«, ich lachte.

»Ein Freund aus dem Schwimmbad. Er heißt Miguel. Kennst du ihn nicht?«

»Nein.«

»Na, der ist jedenfalls verrückt nach dir. Das hat er mir hundert Mal erzählt. Aber ich hab ihm schon gesagt, dass du mit meiner Schwester zusammen bist und dass man da nichts machen kann. Du hast ihn bestimmt schon gesehen. Er ist dir nur nicht aufgefallen.«

»Ich habe keine Ahnung.«

Unsicher tastete José nach der Hand, mit der ich die Zigarette hielt, ergriff sie und führte sie an seine Lippen. Ich spürte, wie er meine Finger dabei streichelte. Er zog an der Zigarette und kuschelte sich wieder, wie ein Kind, an meine Brust.

»Da kannst du sehen, dass es mir nichts ausmacht, Freunde zu haben, die auf Typen stehen, 'ne? Siehst du?«

Nein, ermahnte ich mich, mach es nicht, du wirst es nicht tun. Er ist betrunken. Er hat sich absichtlich Mut angetrunken, um dich so zu umarmen, wie er es jetzt tut, weil er weiß, dass du dich danach sehnst, weil du ihn gezwungen hast, zu glauben, dass er das, was er jetzt tut, auch wirklich tun möchte. Du weißt, er glaubt an dich, er vertraut dir, er ist von dir abhängig; du bist das Stabilste, was er momentan in seinem Leben hat, und du hast ihn erpresst, du hast ihn gedrängt. Aber du wirst ihn nicht anfassen. Unter keinen Umständen wirst du ihn anfassen, egal ob er es will oder nicht. Lass ihn einschlafen, dann trägst du ihn ins Zelt, legst ihn in den Schlafsack und wirst diese Nacht vergessen, so wie er sie morgen vergessen haben wird, wenn er mit seinem Kater beschäftigt ist. Er wird sich an nichts erinnern. Du wirst alles vergessen haben. Und dann geht das Leben einfach weiter: Du wirst leiden wie ein Tier und er wird endlich glücklich sein. Also fass ihn nicht an.

Von meinen Lippen löste sich ein leichter, schwereloser Kuss und landete sanft auf seinem Kopf. Rühr ihn nicht an! Lass ihn in Ruhe! Meine Hand berührte zart die weiche Haut seiner Flanke, seine Schultern, seinen Arm, seine Brust; mit einer Zärtlichkeit, die ich mir abverlangte, unschuldig, mehr als freundschaftlich, fast mütterlich (Fass ihn nicht an! Lass ihn endlich in Ruhe!); sie glitt über seinen ganzen Körper. Die angenehme Wärme des Feuers strahlte von seiner Haut ab, der Schweiß brach mir auf der Stirn aus, meine Finger entzogen sich unaufhaltsam meinem Willen und wanderten Zentimeter für Zentimeter erst über seinen Arm, dann über seine nackte, seidige Flanke, dann wieder zu der anmutigen Landschaft seiner Brust. José, mein Geliebter, mein Junge, verzeih mir. Mein müder, unschlüssiger, zögerlicher Kopf, mein letzter

Rest Vernunft, ihn nicht streicheln zu wollen, besessen, ihn nicht streicheln zu dürfen, klammerte sich an den letzten klaren Gedanken, ihn nicht anzufassen. Meine Hand jedoch strafte mich Lügen, verhöhnte mich, so wie schon an diesem Morgen. Sie näherte sich seinem Körper ungestüm und ohne zu zögern, wurde magisch von seiner Haut angezogen, mir einredend, dass diese Berührung immer noch die eines Kindes war, die einer Eidechse, eines unlöschbaren Feuers, der letzte Rest meines Widerstandes gegen die Liebe, die mich überwältigte, die mich überspülte wie eine Welle ein Loch im Sand. Hör auf, lass ihn! Lass deine Finger von ihm. Ein neuerlicher kleiner Kuss, der meine Nase, meinen Mund und meine Augen in sein schwarzes Haar versenkte. Und noch ein Kuss, und noch einer.

»Nein«, hörte ich ihn sagen, »mach es wie heute Morgen.«

»Was sagst du?«

»In der Hose«, seine Stimme war kaum hörbar, »streichele mich da, das war sehr geil, wie du das gemacht hast.«

Ich wurde puterrot. Tu es nicht, tu es nicht, hörte ich die Stimme irgendwo aus meinem Inneren, immer schwächer. Sag Nein, sag ihm, dass ihr besser schlafen geht, dass ihr betrunken seid, todmüde, während meine Hand langsam, unaufhaltsam an seinem Arm, seiner Flanke, seinem Bauch wanderte, bis meine Finger seine Hose erreichten und begannen, am Bund entlang von einer Seite zur anderen zu streicheln, mit bitterer Süße, mit brennendem Durst, mit einem schuldbeladenen Zittern. Meine Augen beobachteten, wie meine Finger mir nicht gehorchten und langsam über den warmen, pochenden Bauch von José wanderten, mit welcher Langsamkeit sie den Bund seiner verschlissenen Jeans entlangstrichen, wie sich das Glied Josés heftig versteifte, der Seufzer, mit dem sich seine Lungen entluden, seine geschlossenen Augen.

»Ich habe noch nie einen Jungen geküsst«, flüsterte er.

»Ich weiß, mein Kleiner.«

»Also ich habe all das noch nie mit einem Jungen gemacht. Nur das heute Morgen.«

»Das hast du mir schon gesagt. Komm, schlaf jetzt, du bist hundemüde. Ich decke dich zu, oder?«

Er öffnete die Augen und sah mich durchdringend an. Das flackernde Licht des Feuers ließ mich erkennen, wie der Alkohol seinen sonst so klar strahlenden Blick trübte.

»Mann, was hast du denn?«

»Ich hab nichts, José.«

»Na und, küsst du mich jetzt oder nicht?«

»Nein, Bonaparte«, seufzte ich und lächelte ihn mit einer unendlichen Traurigkeit an. »Ich werde dich nicht küssen.«

»Was ist denn los? Jetzt willst du auf einmal nicht mehr, oder was?«

»Richtig. Ich will nicht.«

Seine Bewegung war so schnell, dass ich nicht einmal Zeit hatte, mich zu rühren. Er packte mich von hinten mit beiden Händen am Nacken und zog meinen Kopf zu sich. »Du bist ein Idiot«, er spuckte mir ins Gesicht, lächelnd dabei, mit halb heraushängender Zunge, die mich fast berührte, »du bist ein Scheißidiot.«

Er zog meinen Kopf weiter runter, umfasste ihn mit beiden Händen und küsste mich wild, biss mich fast. Unser erster Kuss, der allererste. Aber doch nicht so, mein Gott; so hätte unser erster Kuss nicht sein dürfen. Ich sah plötzlich rot. Ich machte mich aus seiner Umarmung frei, brutal, wütend, schubste ihn, kniete mich auf das Gras, packte ihn unter den Achseln, wie eine Puppe, zog ihn zu mir heran, zog ihn am Genick zu mir herauf, sein Kopf schwankte, ich sah sein Gesicht, seine Lippen, seine verlorenen Augen eine Handbreit von meinen entfernt.

»Du hast es dir so ausgesucht«, brüllte ich heiser, »wenn du es schon machst, dann mach es wenigstens gut.«

»Ja, entschuldige«, hörte ich ihn kraftlos sagen.

Ich fuhr langsam mit meinen Lippen über seine zitternden, trockenen Lippen. Leckte sie mit der Zunge ab, benetzte sie mit meinem Speichel. Dann zwang ich ihn, seinen Mund zu öffnen, und leckte mit meiner Zunge ganz langsam hinein und suchte seine Zunge. José kam mir leidenschaftlich mit seinem Mund entgegen, drückte ihn auf meinen Mund und stieß mir seine Zunge fast bis ans Zäpfchen, heftig an meiner Zunge saugend, erfüllte meinen Mund mit seinem alkoholisierten Speichel. Ich machte mich frei und fuhr ihn an: »So nicht. Zarter, vorsichtiger, langsamer.«

»Ah.«

»Und mach die Augen auf.«

»Mir ist ein bisschen schwindelig«, lächelte er.

Da musste ich lachen. Ich bedeckte seine Lippen mit kleinen, kindlichen Küssen, jeden an einer anderen Stelle, ohne dass er erraten konnte, wo der nächste Kuss landen würde. Dann ließ ich meine Lippen wieder feucht und fordernd auf die seinen gleiten, schob meine Zunge erneut in seine warme Mundhöhle. Unsere Zungen suchten sich, fanden sich und tanzten voller Verlangen miteinander. Lange unendliche Minuten küssten wir uns. José ließ mich machen, ließ sich unerfahren und gelehrig leiten, folgte schweigend meinen Bewegungen; ja, eigentlich lernte er gerade Küssen. Er lernte die Berührung kennen, mit der seine unschuldigen Lippen die meinen streiften, den feuchten Dialog unserer sich endlich begegnenden Zungen, die sich umschlangen, sich hingaben; meine Zähne, die mit Delikatesse die Unterlippe Josés mit kleinen Bissen liebkosten; seine Finger, die sich vorsichtig und ganz sanft auf mein Gesicht legten, meinen Hals streichelten, unsicher und zaghaft nach den Knöpfen meines Hemdes tasteten und einen nach dem anderen öffneten; Josés lange schlanke Finger, die durch mein dichtes schwarzes Brusthaar fuhren und mit ihm spielten; Josés Arme, die unter meinem Hemd meinen Rücken umschlangen, ohne sich aus dem Kuss zu lösen, aus mir trinkend, seinen Durst an mir stillend; seine Arme, die mich langsam näher an ihn heranzogen; José, wie er sich ins Gras legte und mich über sich zog, unaufhörlich meine breite Brust gegen seine schmale, haarlose, fast kindliche Brust rieb; sein harter Schwanz legte sich augenblicklich herausfordernd gegen meinen harten Schwanz, ihn suchend, aufreizend, durch die Jeans hindurch; unsere Hüften bewegten sich im gemeinsamen Rhythmus, pressten sich aufeinander, bis es fast schmerzte, bis ich fast spritzte; Josés Hände, gierig, nervös, streichelten meinen Rücken, umarmten ihn, fuhren immer hastiger an ihm hoch und runter und dann plötzlich unter meine Hose. Seine Hände legten sich flach auf meine angespannten Arschbacken. José löste sich aus dem Kuss und lächelte, ohne die Augen zu öffnen. »Du hast gar keine Unterhose an.«

»Du auch nicht.«

»Ach, woher weißt du denn das?«

Ich küsste ihn auf die Wange, ganz langsam.

»Ich habe dich heute Morgen gesehen, als du dich am Fluss gewaschen hast«, gab er zu.

»Ach, du hast mich also bespannt?«

»Ja.«

»Na ja«, er hustete, lachte kurz und öffnete schließlich die Augen, »ich hab dich gesehen. Aber nur ganz kurz.«

»Nur ganz kurz? Und was hast du gesehen?«

»Na ja, als du dich gewaschen hast, dich eingeseift hast und so. Du weißt schon, oder?«

»Nein, ich weiß nicht. Erzähl es mir.«

»Ist mir irgendwie peinlich«, er lachte, suchte nach der Flasche, trank, liegend, ohne sich aufzurichten; ein dünner Rinnsal Whiskey lief ihm aus dem Mundwinkel über die Wange. »Du hast dir einen abgekeult wie die Typen in den Heften.«

»In welchen Heften?«

»Hehe, Miguel hat so welche, der Kellner vom Schwimmbad, der, von dem ich erzählt hab, der hinter dir her ist.«

»Ja.«

»In einem von denen ist ein Typ, der dir ähnlich sieht. Also, das sagt Miguel.«

»Und, sehe ich ihm ähnlich?«

»Na ja, hehe, ein bisschen. Du hast mehr Haare auf der Brust, logo. Und er, na ja … er hat einen … na, er hat einen größeren … hey, du erdrückst mich, du bist echt schwer; komm, leg dich hier neben mich.«

Ich legte mich neben ihn. Er schnaufte noch, auf dem Rücken liegend, mit dem Arm um meinen Hals, seine nackte Brust hob und senkte sich schnell.

»Wo sind wohl die Zigaretten?«

»Wart mal, ich hab welche hier.«

Ich zündete zwei Zigaretten an und gab ihm eine. José blieb still liegen, rauchte und schaute in den Himmel.

»Küsst du Ani auch so?«

Ein plötzlicher Windstoß belebte die Flammen im Feuer. Einer der Scheite brach in der Mitte durch und sackte mit Getöse in die Glut.

»Nein, ich glaube nicht.«

»Und warum nicht?«

»Keine Ahnung. Es ist anders.«

José nahm einen letzten Zug von der Zigarette und warf sie, fast ungeraucht, weit von sich. Danach suchte er meine Hand, mit der ich die Zigarette hielt, nahm diese mir weg und warf sie in die Dunkelheit.

»Na, sie weiß nicht, was ihr entgeht.«

Seine Hand griff nach meinem Nacken und seine Lippen drückten sich auf meine.

Diesmal ließ ich ihn mich küssen. Langsam und unbeholfen versuchte er mit seiner Zunge, seinen Lippen und seinen Zähnen das nachzumachen, was ich ihm gerade gezeigt hatte. Ich genoss seinen

Kuss, wie man ein Glas Wasser genießt, wenn man kurz vor dem Verdursten ist: bis zum letzten Tropfen, bis zum letzten Seufzer, bis zur letzten Süße. Danach löste ich meinen Mund von seinem Mund und machte mich daran, ihm ganz vorsichtig mit den Zähnen an den Ohrläppchen zu knabbern, an seinem zierlichen Hals, seinem Kinn. Ich hörte ihn stöhnen, fühlte, wie sein Körper sich spannte. Er suchte meine Hand und führte sie wieder ganz kindlich zu seinem Unterleib, dahin, wo seine Gänsehaut unter der Jeans verschwand.

»Los, mach es mir. So wie heute Morgen.«

Meine Zunge begann sich gleichzeitig auf den Weg zu machen, während meine Finger anfingen, ganz langsam und kaum merklich die Haut auf Josés Bauch zu streifen. Die Reise begann an der Spitze seines Kinns, führte dann ausführlich über seinen Hals, wo sie eine Spur meines Speichels hinterließ; dann kam die Brust, sein delikater Brustkorb, seine unberührten Brustwarzen. Als ich begann, sanft mit den Zähnen daran zu spielen, mit meiner Zungenspitze über die kleinen, steifen Knöpfchen zu lecken, entfuhr José ein lautes Aufstöhnen, seine Bauchdecke zog sich nervös zusammen und zwischen der weichen Haut und der Jeans tat sich eine Öffnung auf, aus der ein warmer Duft strömte, eine drängende Einladung, eine fast flehende Aufforderung.

»Komm, mach schon. Los.«

Ich beachtete ihn nicht. Meine Zunge setzte ihren Weg fort: langsam, arglistig und glückselig fuhr sie über seinen Bauch, seine Flanken, über die schmale Linie schwarzen Haares, die zu seinem noch versteckten Geschlecht führte. Ohne es zu wollen, stieß ich an die feuchte und salzige Spitze seines Schwanzes. Er, ganz nervös, wollte sich die Hose aufknöpfen. Ich hielt seine Hand fest.

»Nein, lass mich machen«, flüsterte ich.

»Aber wenn du so weitermachst, kommt's mir gleich.«

»Ach was. Entspann dich.«

Mein Mund drückte gegen seine Jeans. Ich biss durch die Hose in seinen pochenden Schwanz, streichelte mit meiner Nase, meinen Augen, meinem gesamten Gesicht diese große Ausbeulung, der Schwanz, der sich durch den blauen Stoff seinen Weg ins Freie zu bahnen versuchte; die Hoden pulsierten und zuckten jedes Mal, wenn ich mit meiner Zunge nach ihnen fühlte und sie unter dem rauen Stoff fand, beleckte und den Stoff mit meinem Speichel völlig durchnässte. José wand sich, auf dem Rücken im Gras liegend, und streichelte linkisch mit seinen zarten, warmen Fingern unter meinem Hemd meinen Rücken. Knopf für Knopf öffnete ich langsam seine Jeans. Knopf für Knopf befreite sich sein harter Schwanz aus der Hose, wie ein fiebriges, gieriges Wesen. Ich leckte mit meiner breiten, weichen Zunge auf der Unterseite von der Spitze bis hinunter zu den Eiern. José bohrte mir seine Fingernägel in den Rücken.

»Schade um deine Badehose«, stöhnte ich.

»Wieso, was ist denn mit meiner Badehose?«

»Sie macht mich verrückt«, ich zog ihm die Jeans mit einem Ruck bis zu den Knien herunter und versenkte meine Zunge zwischen seinen Eiern, und küsste sie, und biss seine Oberschenkel, »du machst mich einfach völlig verrückt mit deiner blauen Badehose, du Idiot.«

Du warst es. Du bist es gewesen. Wag es nicht, dies zu leugnen. Du warst derjenige, der sich hinter dem Besoffensein versteckte, um so zu tun, als würdest du jenen Mut und jene Kühnheit nur spielen, die du in diesem grausamen und unvergesslichen Moment gezeigt hast. Du hast, vor allem am Anfang, nicht lockergelassen und deinen Vorteil ausgenutzt. Du warst es, der mich gestoppt hat, als du die Umklammerung meiner Lippen an deinem Schwanz spürtest: ›Warte‹, hast du gesagt und dich einfach im Gras einmal herumgedreht, neben mir, fast nackt schon. Du hast mir deinen Unterleib vor mein Gesicht geschoben und deinen Kopf gegen meinen Schritt gedrückt, gegen meinen Schwanz, der fast unter dem Stoff explodiert wäre. Du hast mir, ohne dass ich irgendetwas gesagt hätte, irgendetwas hätte sagen oder tun können, befohlen, deinen Schwanz in meinem Mund zu behalten, während du nervös an den Schnürsenkeln meiner Stiefel nesteltest, meine Socken irgendwo ins Dunkle warfst, mit Gewalt an den Knöpfen meiner Jeans zerrtest, sie um meine Knöchel zusammenschobst und mit deinen Händen meinen Schwanz ergriffen hast, ohne zu wissen, wie du weitermachen solltest, mit der sinnlosen Entschlossenheit derer, die mit Vehemenz einen Hammer in die Hand nehmen, ohne zu wissen, wo sie eigentlich draufhauen wollen.

›Mann, was soll ich machen, los, sag schon‹, wolltest du wissen und lalltest vor lauter Trunkenheit.

›Du sollst gar nichts machen, José.‹

›Ach ja, Scheiße. Los, sag mir, was ich jetzt machen soll.‹

›Mach einfach dasselbe wie ich.‹

Ich nahm vorsichtig deinen Schwanz in voller Länge in meinen Mund. Im selben Moment fühlte ich an meinem Schwanz eine warme, feuchte Berührung, die sich unsicher weiter vorschob, in Richtung der Schamhaare. Es war dein Mund. Ein heftiger Brechreiz ließ dich nach hinten fallen, du schlugst mit dem Kopf im Gras auf.

›Ich weiß nicht, ob ich das schaffe‹, flüstertest du stöhnend und schlucktest Speichel, ›er ist so groß.‹

›Dann lass es doch. Bleib einfach ganz ruhig liegen.‹

›Nein, verdammt … und wenn ich ihn nicht ganz reinkriege … magst du es dann nicht?‹

›Natürlich mag ich's auch so.‹

›O.k. Dann mach du weiter.‹

Ich fuhr mit der Zunge mehrmals und ganz langsam an der Unterseite deines Schwanzes entlang, von der Eichelspitze bis hinunter zu deinen Eiern. Ich zitterte, als ich spürte, dass du dasselbe machtest, nervöser nur und schneller. Danach umschloss ich mit meinem Mund deine Eichel und begann, mich ganz langsam von oben nach unten zu bewegen, ganz vorsichtig bei jedem Stoß einen Millimeter voranschreitend. Du machtest es mir nach. Ich fühlte einen spitzen Schmerz.

›José, pass auf mit den Zähnen!‹

›Oh ja, stimmt … boah, ich krieg ihn einfach nicht rein, hehe.‹

Ohne Zweifel muss man sagen, lerntest du ganz schnell, das wusste ich von dir ja bereits gut. Auf die zunehmende Geschwindigkeit meiner Lippen auf deinem Glied antwortetest du zunächst ungeschickt, dann mit handwerklicher Geschicklichkeit. Als ich mit meiner Zunge unter deinen Eiern den Damm entlangleckte und die Eier vorsichtig ganz in meinen Mund nahm, spannten sich deine Schenkel und du wimmertest wie ein erschrockenes kleines Tier.

›Nein, das nicht, das nicht.‹

›Warum?‹

›Mir wird ganz anders.‹

›Aber es gefällt dir, oder?‹

›Keine Ahnung. Es kitzelt irgendwie. Ich weiß nicht, ob's mir gefällt. Na gut, ich glaube, es ist das, was mir bisher am besten gefallen hat.‹

›Gut. Mir auch.‹

Ich spürte, wie deine Nase, dein heißer Atem, deine kleinen Lippen, deine unentschlossene Zunge sich in der dunklen Matte der krausen Haare vergruben, die meine Eier umgab, und wie du sie zunächst etwas fahrig lecktest. Wie ein ungeschicktes Kind, das nicht weiß, wie es tun soll, was ihm selber getan wird. Dann mit teuflischer Gewandtheit, wie ein verderbtes Kind, das in seinem Körper Stück für Stück langsam, aber sicher die Stellen seiner Lust entdeckt, sie sucht, sie erspürt, und zu den gleichen Stellen am Körper des anderen drängt. Auf der Spitze deines Schwanzes zeigte sich ein voreiliger Tropfen. Ich wusste, dass auch mir nicht mehr viel Zeit blieb. Ich riss dir die Hosen mit einem Ruck vom Leibe, du machtest dasselbe. Ich warf mein Flanellhemd weit von mir und endlich, endlich waren wir beide vollkommen nackt. Mit einem Ruck, ohne dir Zeit zu lassen, dich zu widersetzen, drehte ich dich herum, auf alle viere, legte mich unter dich rücklings auf den Rasen, vergrub mein Gesicht zwischen deinen wehrlosen, nervösen und von mir so lange ersehnten Schenkeln. Du hattest keine Ahnung, wie du dich bewegen solltest, du schwanktest – erinnere dich – betrunken, wie du warst, unentschlossen, nicht ahnend, was ich am liebsten mit dir machen wollte, besinnungslos, ergeben, wütend auf dich, als meine Hände deine beiden Backen packten, öffneten und meine Zunge mit einem einzigen Stoß in dein überraschtes Loch fuhr, in dein kleines, unberührtes Knabenloch; jenes Loch, das ich so oft erträumt hatte und das so viele endlose Nächte lang meine Gedanken beherrscht hatte. Du schriest, heultest auf, spanntest dich wie ein Bogen, überrascht und wehrlos warfst du deinen Kopf nach hinten. ›Nein, Javier, das nicht‹, riefst du, flehend, doch es war bereits zu spät, du wusstest selbst, es war zu spät, du selbst hattest all dies entfesselt, du hattest zumindest eine Vorstellung davon, welche Gefahr dir drohte; ›Was denn?‹, fragte ich dich, während ich deinen hart angespannten Arsch mit aller Gewalt und meiner zügellosen Zunge teilte; ›Was denn?‹, wiederholte ich und packte deine festen, wie gemeißelten Oberschenkel, die zitternden Muskeln deiner Arschbacken mit beiden Händen, zog sie weit auseinander und meine Zunge durchbohrte roh dein salziges und erschrecktes Loch; ich spürte, wie du dich spanntest, wie du versuchtest zu entfliehen, wie du dann aufgabst, dich erst fürchtetest, dann zweifeltest und schließlich mit einem gierigen Stoß deinen Arsch gegen mein Gesicht drücktest; dich voller Hingabe, Geilheit und Verlangen bewegtest und du dein Loch an mir riebst. Ja, José, das hast du gemacht, natürlich hast du das gemacht; du suchtest mit deinem Arsch die Stöße meiner Zunge, meiner Nase, meines ganzen Mundes, der nun enthemmt und hungrig dir hinter deinen Eiern in den Damm biss, mein feuchtes Gesicht, das sich an deinem Arsch schmatzend benetzte, an deinem köstlichen Arsch. Dieser Arsch, den ich so oft im Freibad unter der blauen Badehose sich hatte bewe-

gen sehen, knackig und unwiderstehlich unter dem gespannten Stofffetzen, der mehr betonte als verdeckte, benetzte in diesem Moment mein Gesicht mit meinem eigenen Speichel. Meine Zungenspitze, die bereits beherzt zustieß, sich mit Macht ihren Weg durch deine ängstliche Lust bahnte; meine Hände, die dich daran hinderten, deine erschrockenen Arschbacken zusammenzukneifen; ›Das will ich nicht, Javier, das ekelt mich!‹, und in genau diesem Augenblick dann mein heftiger Hüftstoß, meine Schenkel erhoben sich, meine Beine kreuzten sich mit Gewalt über deinem Nacken, umschlossen fest deinen Hals und drückten deinen Kopf, dein Gesicht, deinen Mund, deine Zunge auf meinen Arsch, meine Hand packte dich bei den Haaren und zwang dich dort hinein, dich dort zu vergraben; aber es war nicht allein durch meine Gewalt, José, du selbst warst es, erinnere dich, leugne es jetzt, wenn du dich traust; du warst derjenige, der sich mir entgegenwarf, wie ein Schiffbrüchiger vor dem Verdursten, wie ein vom Wahnsinn berauschter Irrer, du warst es, der mit seiner Zunge durch meine Furche fuhr wie ein wildes Tier auf der Flucht, auf der verzweifelten Suche nach dir und nach mir; und wie gut du es gemacht hast, wie gut du es mir gemacht hast, du Mistkerl, vergrubst dein Gesicht zwischen meinen Arschbacken und schobst deine Zunge tief in mich hinein, so weit du konntest, so tief deine Zunge reichte, und das war es, was dir Ekel bereitete, du Arschloch, das war es, was du mir nicht machen wolltest, mein Geliebter, meine große Liebe, mein kleiner Engel, du lecktest mir meinen Arsch wie die beste Hure der Welt, und ich leckte dir deinen Arsch und wusste, dass nun alles zu spät war, dass es kein Zurück mehr gab, dass ich niemals mehr auf diesen sandigen Geschmack deines kleinen Loches würde verzichten können; du – festgehalten von meinen Armen, bezwungen, aber nicht gezwungen, deine Zunge reinzustecken, hin und her zu bewegen und zu drehen und sie kreisen zu lassen im tiefsten Innern meines Arsches, meiner Blindheit, meines innersten Zitterns, während mein Schwanz dabei pulsierte – erinnere dich – und gegen deine Kehle drückte und die Berührung mit der unglaublich zarten Haut deines Halses genoss. Dein Schwanz dagegen zuckte auf meiner Brust, stieß zu und rieb sich in den schwarzen Haaren, die ihn fast umhüllten, bis ich nicht mehr konnte, bis es einfach menschenunmöglich war, noch länger auszuhalten, dich noch stärker zu begehren, dich noch stärker zu lieben, bis ich dir mit aller Brutalität einen Stoß versetzte, dich zur Seite warf, mich über dich beugte, dich mit dem Gesicht nach unten auf den Rasen drückte, wohl wissend, dass du betrunken und wehrlos warst; dass du jetzt das warst, was ich niemals wollte, dass du es wärest: ein nackter, hilfloser Knabe, der nicht einmal die Kraft besaß zu jammern; das warst nicht mehr du, José, mein Gott, verzeih mir, das warst nicht mehr du, sondern das, was deine Zärtlichkeit, der Whiskey oder die plötzliche Benommenheit aus dir gemacht hatten, oder aus mir, oder aus uns beiden; ruhig, halb eingeschlafen oder halb bewusstlos, bewegungslos, wunderschön auf dem Rasen ausgestreckt, nackt wie ein Engel, süß, vollkommen in Schweiß und Speichel gebadet, glänzte dein Rücken im Licht der letzten Glut des Lagerfeuers, du merktest nicht einmal, als ich oben aus dem Rucksack die Cremedose holte, reagiertest kaum, als ich begann, still und vorsichtig dein gieriges, gerötetes Loch einzuschmieren, zwei Finger bewegten sich geschmeidig zwischen deinen Schenkeln, tasteten sich zärtlich bis zur warmen, wehrlosen Pforte zu deinem Inneren, zwei Finger überschritten die Schwelle und trugen die Creme bis in Tiefen, die meine Zunge nicht erreicht hatte, du krümmtest deinen Rücken, erzittertest nur kurz und sankst wieder nieder, erschöpft von Alkohol und Abstumpfung; du konntest nicht sehen, mit wie viel Grausamkeit, mit wie viel Zärtlichkeit, mit wie viel Furcht und mit welcher Entschlossenheit ich die weiße Creme auf meinem Schwanz verteilte, von oben bis unten seine brennende Härte geschmeidig machte; dich dort schlafen sehend, meine Hände glühend, mein Schwanz, glühend wie ein Vulkan, verhalten mein Atem, um dich nicht zu wecken.

Ich öffnete vorsichtig deine Schenkel, du bewegtest dich nicht.

Dann legte ich mich mit meinem ganzen Körper über dich, mich in *der Schwebe haltend, ohne dich zu berühren, nur meine Hände und meine Knie auf das Gras abgestützt.*

Ich setzte die pralle Spitze meines pochenden Schwanzes an das warme Loch deines Arsches.

Sanft drückte ich, nur ganz sanft.

Du öffnetest sofort die Augen.

›Nein‹, sagtest du erschrocken.

›Ganz ruhig‹, flüsterte ich dicht an deinem Ohr, ›entspann dich. Es wird dir nur am Anfang etwas wehtun, du wirst schon sehen.‹

›Nein‹, stöhntest du eindringlich, ›nicht das. Ehrlich.‹

Ich brach ab. Du entwandest dich meinem Arm und drehtest dich auf den Rücken. So im Gras liegend, ich auf deinem Unterleib sitzend, schautest du mich mit einer Traurigkeit an, die sich kaum hinter deinem dünnen Lächeln verbergen konnte.

›Warum denn nicht?‹, fragte ich stöhnend. ›Hast du Angst, dass ich dir wehtue?‹

›Ich weiß nicht‹, sagtest du und ließest deine Augenlider sich langsam senken, ›aber ich will nicht.‹

›Aber warum denn nicht?‹

›Darum nicht.‹

Ich ahnte es. Ich sah es seinem Gesicht an, ich las es in seinen Augen, die meinen wieder auswichen, erkannte es an seinem Lächeln, das sich wieder hinter dem schützenden Alkoholnebel verschanzte. Aber er konnte mich einfach nicht belügen.

»Es ist wegen Beatriz, stimmt's?«

Er sagte nichts.

»Du hast mit diesem Mädchen geschlafen, mit Beatriz, hab ich recht?«

Ich kannte die Antwort, aber ich wollte es aus seinem Munde hören, von seinen Lippen lesen, die mich gerade noch so leidenschaftlich geküsst hatten.

»José, antworte mir, hast du sie gefickt, hast du Beatr…?«

»Ja.«

Was für ein Trottel bist du, Javier. Du wusstest es, aber dennoch hattest du tief in deinem Inneren, so als ob einer von euch beiden ein dummer kleiner Junge wäre, die törichte Hoffnung, dass er Nein sagen mochte. Dass es nicht wahr wäre. Dass er dir zumindest den Gefallen getan hätte, dich zu belügen, damit du dich hättest bemühen können, es auch zu glauben.

Ich lächelte.

»Und wie war's?«, bohrte ich weiter.

»Gut.«

Ich spürte, wie sich meine Gesichtsmuskeln verkrampften.

»Bist du sauer?«, wollte er wissen.

Ich antwortete nicht. Auf ihm sitzend und ihm tief in die Augen blickend, lächelte ich ihn grausam an und griff mit meiner Hand hinter mich, nach seinem Schwanz. Er war fast schon dafür bereit, was ich vorhatte. Er schloss die Augen und seufzte.

»Also es war gut mit Beatriz. Toll, das freut mich. Aber wir wollen mal sehen, wie dir das hier gefällt.«

Ich tauchte meine Hand in die Cremedose und begann, ihm mit Wichsbewegungen die Creme auf der ganzen Länge seines Gliedes zu verteilen. Es schwoll augenblicklich so prall an, dass es sofort zu pulsieren begann. Ich steckte mir zwei cremige Finger in mein Loch und begann, es zu dehnen. Es würde wehtun und ich wusste es. Ich hatte mich nur zwei- oder dreimal in meinem Leben ficken lassen, aber ich erinnerte mich, wie es ging. Der Schmerz war das wenigste. Es handelte sich hier um einen Wettbewerb und den galt es für mich zu entscheiden.

»Wehe, du bewegst dich, bevor ich es dir erlaube.«

Als ich seine Schwanzspitze an mein geweitetes Loch setzte, blieb José ganz still. Ich holte Luft, schloss die Augen und ließ mich ganz langsam tiefer gleiten. Ich hielt kurz inne, als ich spürte, wie Josés

Eichel ohne Schwierigkeiten in mich eindrang. Ich schob mir nur die Eichel zwei-, dreimal ins Loch und zog sie wieder raus. José winselte wie ein kleiner Hund, schnaufte und grub seine Fingernägel ins Gras. Es gefiel ihm. An wen auch immer er denken mochte, er genoss es. Plötzlich spannte sich sein Becken und stieß kraftvoll nach oben. Es war, als würde mir ein glühendes Eisen in die Eingeweide gestoßen. Ich biss mir so heftig auf die Unterlippe, dass ich Blut schmeckte; in der letzten Zehntelsekunde gelang es mir, den Schrei zu unterdrücken, aber das Schwarz vor meinen Augen verwandelte sich in ein flammendes Rot.

»Du sollst stillhalten, verdammt. Du musst vorsichtig sein.«

»O.k.«

Dieser kleine Drecksmacho. Ich holte tief Luft und rekapitulierte: Drück; drück nach unten, ohne locker zu lassen, drück mit dem Bauch, press mit den Eingeweiden, als ob du deinen gesamten Darminhalt auf ihm entleeren willst. Öffne dich und presse!

Und genau das tat ich. Ich biss die Zähne zusammen und schob mich, so langsam ich konnte, immer tiefer; immer weiter vor und ein kleines Stück zurück, und wieder vor und zurück, immer tiefer. Der Schmerz ließ mir heiße Tränen über die Wangen rollen, aber ich ahnte, hoffte, wusste, dass der Schmerz rasch nachlassen würde. Los, sagte ich mir, es fehlt nicht mehr viel, du wirst ihm unvergessliche Lust bereiten und er wird dir unvergessliche Lust bereiten; gleich hört das rot glühende Eisen auf, mach weiter, stülp dich über ihn.

»Javier, müssen wir nicht …«

»Sei still. Gefällt dir das oder nicht?«

»Na logo, das ist obergeil. Und für dich auch?«

»Noch nicht. Aber gleich.«

Plötzlich spürte ich, wie sich etwas in mir entspannte, sich hingab, sich nicht länger widersetzte. Der Schmerz, der kalte Schweiß, alles verwandelte sich mit einem Mal in eine warme Woge, die von meinem Becken hochstieg bis zu meinen Lippen, meinen Augen, meiner verschwitzten Stirn. Es war geschafft. Ich setzte mich langsam, aber sicher auf den pochenden Schwanz von José. Ich spürte, wie er in mich eindrang, mächtig, männlich, unaufhaltsam, und wie sich mein Inneres ganz geschmeidig darum schmiegte. Er füllte mich ganz aus, erfüllte mich, entfachte mich, ließ mich erschaudern; die Haut meiner Arme und auf meinem Rücken zog sich zusammen, als ich das Kitzeln seiner Schamhaare an meinen Arschbacken wahrnahm. Ich hatte Josés Schwanz in voller Länge in meinem Körper. Es war erreicht. Jetzt war es geschafft, mein linkisches Kind, mein heißer Geliebter, mein unsicherer Henker. Ich hob und senkte mich, bald drückend, bald meinen Schließmuskel zusammenkneifend, und massierte Josés gesamten Schwanz, rauf und runter. Rauf, runter; rauf, runter.

»Komm, jetzt beweg dich.«

»Tut es dir nicht weh?«

»Beweg dich! Los!«

José spannte alle Muskeln seines Körpers und versetzte mir einen kräftigen Stoß. Dann hielt er wieder still. Er schaute mir ins Gesicht, mit einer Mischung aus Schrecken und Begierde.

»Ist das alles, was du kannst?«, fragte ich.

»Ich … ich möchte nicht, dass du …«

»Los, du Arsch«, spottete ich, »beweg deinen Arsch, Mann. Erst so viel Whiskey und so viel Getue und jetzt liegst du hier wie eine Klosterschülerin. Mach jetzt endlich!«

Er wurde puterrot. Noch niemals hatte ich eine solche Wut in seinem Gesicht gesehen. Sein erster Stoß war brutal und zwang mich, den Blick zum Sternenhimmel zu erheben; ich bildete mir ein, seine Eichelspitze im Magen zu spüren. Als ich den zweiten Stoß ahnte, stemmte ich mich ihm im selben Moment entgegen. Auch beim nächsten Stoß. Der Schwanz von José in mir, wie er mit einer rasenden Wut rein- und rausfuhr, ließ meine Eingeweide brennen, er entzündete in mir etwas, was nicht nur Lust war, nicht nur Freude, nicht nur Rache und was mich völlig verrückt machte. Ich weiß nicht mehr, woran ich dachte, was für eine Brutalität, was für ein Hass, solche Gedankenfetzen schossen mir in diesem Moment durch den Kopf. Ich erinnere mich, dass ich meine Bewegungen denen von José anpasste, deren Brutalität und Hemmungslosigkeit weiter zunahmen; dass ich mich mit meinen Händen an seine Schultern klammerte; dass ich eine seiner Hände zu meinem Schwanz führte, der kurz davor war zu platzen; und ihn zwang zuzupacken.

»Komm mach«, sagte ich, ohne aufzuhören, mich zu bewegen, ohne aufzuhören, mich über ihn zu stülpen, sein Becken immer wieder auf den Boden stoßend, »diesmal wirst du mich nicht so vernachlässigen wie heute Morgen, du kleiner Wichser.«

José weigerte sich, seine Hand zu bewegen. Er trieb weiterhin in stetigem Rhythmus seinen Pfahl in mich hinein, kraftvoll und entschlossen, aber er masturbierte mich nicht. Er öffnete nur die Augen und schaute mich an. Sein verzogenes Gesicht trug einen Ausdruck von hellem Schmerz, bitterem Trotz, wie ein Kind, bevor es zu weinen beginnt.

»Hör auf damit«, stöhnte er.

»Womit?«

»Mich zu beleidigen!«, schrie er, seine Stimme überschlug sich und er hörte auf, sich zu bewegen.

»Ich liebe dich«, sagte er dann.

Ich hielt auch schlagartig inne, ohne dass sein Schwanz mir entglitt.

»Du … was?«

»Ja, das.«

»Aber du liebst Beatriz«, stammelte ich.

»Aber dich auch, verdammt noch mal«, er warf seine Arme um meinen Hals, hustete, schaute mich an, unsicher, »dich auch. Merkt man das nicht? Was muss ich noch machen, damit du dich mit mir wohlfühlst, Javi?«

Er gab mir einen ungeschickten, schmatzenden Kuss mit seinem schrecklich nach Alkohol riechenden Mund, sein Gesicht tränenüberströmt.

»Komm«, sagte ich weich und lächelte.

Ich ließ seinen Schwanz aus mir rausgleiten und legte mich auf ihn; ich umschlang ihn mit Armen und Beinen, ihn überall küssend. Er tat es mir gleich. Das hätte früher passieren müssen, du Kanaille, dachte ich. Und da war er plötzlich, der alte Traum: mit ihm über eine Wiese kugeln, ihn fest umarmen, dabei sein steifes, gerötetes Glied an meines drücken fühlen; beide nackt und hemmungslos, zwei Komplizen; seine weiche Haut an meinem Schweiß, die Sehnsucht, ihn an mich geklammert zu wissen und ihn zu umarmen, mit sehr viel mehr als nur mit meinen Armen. Ich blieb auf dem Rücken im Gras liegen, José auf mir. In der Dunkelheit konnten wir kaum unsere Gesichter sehen. Der große Stein, auf dem alle Kerzen längst niedergebrannt waren, lag nun zwischen uns und dem Feuer.

»Sag es noch mal.«

»Was?«

»Dass du mich liebst.«

»Ja klar, Javier, na klar liebe ich dich.«

Ich umarmte ihn und küsste ihn auf den Hals. Er war mit kaltem Schweiß bedeckt.

»Meinst du das ernst?«

Josés Kopf trudelte und stieß gegen meine Schulter. Er blieb nicht aufrecht.

»Ja, ja doch. Ja, ich liebe dich.«

Er schien wiederaufzuerstehen, als ich mich ins Gras legte, auf den Bauch, die Beine spreizte und ihn aufforderte, sich ganz auf mich zu legen. Wir waren wieder neben dem wärmenden Feuer. Es war ganz leicht, mit meiner Hand seinen unentschlossenen Schwanz an mein Loch zu führen.

»Los, mach!«

José, schwach, unsicher, führte seinen Schwanz vor die Stelle, wo ich ihn gierig erwartete.

»Mach schon.«

José stocherte ein- oder zweimal in mich hinein. Mein Arsch schob sich ihm entgegen, stülpte sich auf ihn, fordernd, entschlossen: »Los, mach schon. Fick mich!«

Das wirkte. José erwachte, sein Schwanz fing Feuer, versteifte sich ruckartig und steinhart in meinem Arsch. Sein nächster Stoß war fürchterlich.

»Was sagst du?«

»Du sollst mich ficken.«

Seine Hände umklammerten meine Achseln, zerkratzten meine Schultern, er biss mir in die Arme. José begann sich mit einem plötzlich erwachenden Wahnsinn in mir zu bewegen.

»Ich soll dich ficken, ja?«

»Ja, aber richtig. Fick mich härter. So merke ich gar nichts.«

»Na dann sag's mir. Bitte mich darum, dass ich dich ficken soll.«

»Fick mich! Los, richtig hart!«

José stieß voller Wut in mich hinein, zog seinen Schwanz dann fast ganz raus, ließ nur die Spitze seiner Eichel in mir, um sich dann mit aller Kraft auf mich zu werfen, mich mit seiner Lanze mit solcher Wucht zu durchbohren, dass meine Brust auf dem Boden scheuerte. Dann zog er seinen Schwanz völlig raus, einen Moment seinen feucht glänzenden Schwanz bedrohlich pulsierend in der Luft, der mich aber gleich darauf fast zerriss, sich abermals in meine Eingeweide versenkte, wie eine scharfe Klinge, ein wilder Pfahl, der mich laut aufschreien ließ.

»Was ist?«, grunzte er. »Tut's dir doch weh?« Er hatte seinen Mund dicht an meinem Ohr.

»Nein, José, es tut nicht weh«, schluchzte ich, lachte ich. »Stoß mich richtig hart, bis es mir wehtut.« Ich biss mir auf die Lippen, vor Schmerz, vor Angst, vor Lust. »Fick mich richtig durch, Liebster«, schluchzte ich. »Fick mich! Richtig! Ja! … Stoß zu, Bonaparte, fick mich, fick mich! Mein Liebster, mein Kleiner!«, flehte ich ihn an, befahl ich ihm. Sein Schwanz, wie er aus mir rausglitt; sein Schwanz, sein perfekter Schwanz, wie er sich tief und tiefer in mich hineinbohrte, unerbittlich. »Das magst du, wenn ich dich darum bitte, was?«

»Ja, ich fahr voll ab, wenn du mich anwinselst.«

»Na, dann: Fick mich! Reiß mir den Arsch auf, José! Josito! Mein Liebster, mein kleiner Geliebter, mach mich fertig, komm, mach mich richtig zur Sau.«

Das kehlige Stöhnen Josés, der brutale Griff seiner Hände auf meinen Schultern, der wortlose Befehl Josés, seine Schwanzhiebe in mir, seine Arme, die mich mit ungekannter Kraft in die Luft hoben, seine Füße, mit denen er mich zwang, mich hinzuknien. Ich versuchte mich aufzurichten, aber ein einziger, ein einfacher und kraftvoller Stoß seines Beckens, der mir seinen Schwanz ins Zentrum meiner Seele trieb, ließ mich schwanken, meine Hände Halt auf dem großen Stein suchen; meine Linke verbrannte sich an der Flamme, an dem flüssigen Wachs einer Kerze. Süßer Schmerz; meine Rechte schrammte gegen den Felsen, mein ganzer Körper gegen den Felsbrocken gedrückt, meine Brust, die Haut meiner Oberschenkel, alles schürfte sich am Stein. Blut begann auf die staubigen Kalksteinkanten zu tropfen, während José aufrecht, furchterregend, gnadenlos mich mit aller Kraft durchpflügte. Er hatte mich an den Schultern fest im Griff und nagelte mich gegen den rauen Felsen, während er mit voller Wucht immer wieder seinen Schwanz in mich hineinstieß. »Nimm das!«, rief er, »das ist es, was du willst«, stöhnte er, »deshalb hast du mich hierher geschleppt.« Er nietete mich mit brutalsten Beckenstößen nieder, mit der Wucht seines ganzen Körpers, immer wieder gegen die scharfen Kanten des Steins. »Jetzt kriegst du es, ich besorg es dir, hier, hier! … So wolltest du es doch?« Seine verwaschene Stimme, grausam, breiig, traf mich wie ein fremder Albtraum. »Ja«, winselte ich, »gib's mir!« Kleine Steinsplitter drückten sich in meine Wunden, dünne Rinnsale meines Blutes liefen mir langsam über die Brust, über meinen Bauch, meinen steifen Schwanz, meine gespannten Oberschenkel. »Fick mich! Ja, fick mich, zerstöre mich, zerreiß mich, mein Geliebter!« Meine Hand ließ den Felsen los, sodass mein gesamtes Gewicht, unser gesamtes Gewicht, die mörderischen Stöße Josés meinen Körper immer brutaler gegen den scharfkantigen Stein pressten und scheuerten, der mir die Haut zerriss. Meine Hand packte meinen Schwanz und wichste wie wild, als plötzlich Josés Hand meine Hand vertrieb und meinen Schwanz nahm, wie man einen Vogel bei der Gurgel packt und hin und her schleudert, vor und zurück, begleitet von seinen rhythmischen Stößen, dem unsicheren Rhythmus seiner Hand, stöhnend, schnaufend. »Sag mir, dass ich dich ficken soll; das macht mich so geil, wenn du mich anbettelst, ich soll dich ficken, los«, und ich bat ihn, ich flehte ihn an, ich befahl ihm, fast schreiend: »Fick mich, los, spieß mich auf, los, mach schon, fester, tiefer!« José schnaufte und röhrte immer lauter, seine Lungen füllten und entleerten sich stoßweise.

»Bist du am Abspritzen?«

»Ja.« Mein Samen schoss wie ein Geysir aus mir heraus und ergoss sich auf den grausamen Felsen, das Gras, seine Hand. »Los, sag mir, dass du abspritzt, los!«

»Ich komme, José, ich komme! Fick mich härter! Fick mich, verdammt …«

Er hämmerte noch härter meine Wunden an Beinen, Bauch, Brust und Armen gegen den fiesen Felsen. Röchelnd stieß mir José seinen Schwanz von hinten hinein, sodass er mich fast in die Luft hob. Aus seiner Kehle drang ein tierisches Grunzen. Ich fühlte nur undeutlich, wie etwas Warmes mein Inneres überflutete, was sich seinen Weg nach unten bahnte, dickflüssig meine Beine herunterlief. Es gab einen dritten Stoß, den ich nicht mehr wirklich spürte. José blieb einen Moment, einige Sekunden bewegungslos an mich geklammert, während sein Glied immer noch tief in mir drinnen zuckte. Ich glaube, er küsste mich auf den Nacken. Dann zog er sich zurück und sackte zusammen.

Ich nahm ihn in die Arme, schlaff, und trug ihn ans Feuer. Ich schürte die Reste der Glut, schob die halb verbrannten Scheite zurecht und im schnell aufflackernden Licht konnte ich sehen, dass José kreidebleich war. Ich setzte mich neben ihn und nahm ihn in meine Arme, immer darauf achtend, dass sein Kopf aufrecht blieb. Er war in kalten Schweiß gebadet. Ich suchte mein Hemd und deckte ihm die Brust zu.

»Ganz ruhig, Kleiner«, flüsterte ich in sein Ohr, »ruh dich aus, entspann dich.«

»Nein, mir geht's doch gut.«

»Ja, das sehe ich. Komm, mach die Augen zu.«

Ich küsste ihn mehrere Male und badete meine Lippen im kalten Schweiß seiner Stirn. Er bewegte seine eine Hand und ließ sie auf meinem Oberschenkel liegen. Sofort hob er sie wieder hoch und schaute sie sich an.

»Aber …was hast du denn?«, fragte er erschrocken.

»Ich? Nichts. Was soll ich haben? Du bist es, der zusammengeklappt ist.«

»Aber du blutest doch.«

»Nein, es ist nichts. Mach dir keine Gedanken.«

»Ich habe dir wehgetan, stimmt's?«, schluchzte er, versuchte mich anzuschauen, doch seine Augen verdrehten sich, ohne mein Gesicht zu finden.

»Du hast mich die Sterne sehen lassen«, lächelte ich, »zuerst vor Schmerzen, und dann die anderen. Alle anderen.«

José versuchte sich aufzurichten, aber als er den Kopf hob, sah ich, dass sich sein Magen zusammenkrampfte und sich seine Züge verzogen.

»Ich glaube, ich muss kotzen«, sagte er stimmlos.

Ich hob ihn hoch, legte mir seinen Arm über die Schulter und schleppte ihn so zum Rande der Wiese. Er schlotterte wie ein Kind. Ich beugte ihn nach vorne und stützte seine schweißnasse Stirn mit meiner Hand ab. Mehr bedurfte es nicht. José übergab sich mit heftigen, schwallartigen Stößen, die ihn schüttelten. Ich legte ihm mein Hemd auf den Rücken. Als ihm die Knie versagten, nahm ich ihn wieder auf den Arm und trug ihn ins Zelt.

»Ich habe alles versaut, stimmt's?«

»Rede keinen Unsinn«, lachte ich ihn an.

»Morgen wirst du mich deswegen nicht ertragen.«

»Morgen werde ich dich hundertzwanzig Mal mehr lieben als heute, du Depp.«

Ich legte ihn auf den Schlafsack und deckte ihn mit dem Daunensack zu.

»Mir ist kalt.«

»Ich weiß. Ganz ruhig. Schlaf jetzt. Ich bin gleich bei dir.«

»Warte. Gib mir einen Schluck Wasser. Mein Mund brennt wie Feuer.«

Ich wollte ihn aufstützen, aber er ließ mich nicht. Er krabbelte, wie er konnte, auf allen vieren über den Boden, bis er die Wasserflasche fand, und ließ sich dort auf den Boden fallen. Ich legte ihn wieder in den Schlafsack. Ich ließ die Gaslaterne auf kleiner Flamme brennen. Dann nahm ich Alkohol und ein sauberes Taschentuch und ging zurück zum Feuer. Es war schlimmer, als ich befürchtet hatte. Es hatte mir die Haut zerfetzt, ich blutete immer noch aus mindestens zehn oder zwölf Wunden, an den anderen war das Blut schon getrocknet. Der Alkohol brannte höllisch, aber er stillte die Blutungen.

Zumindest die der Haut, sagte ich mir. Die anderen, die mein Herz ausbluten ließen, konnte ich unter keinen Umständen stillen, dessen war ich mir jetzt sicher. Ich suchte nach einer Zigarette. Ein Windstoß bereitete mir Gänsehaut auf dem Rücken, aus einer Mischung aus Kälte und Angst, aus Glückseligkeit und Durst, aus Panik und Freude. Jetzt war alles vorbei. Ich war gefangen. Endgültig gefangen. Dieser wunderschöne Junge, der sternhagelvoll da in meinem Schlafsack schlief, war mehr noch als meine Liebe, mein absoluter Besitzer. Ich konnte nichts mehr sagen und hatte nicht die geringste Kraft, irgendetwas zu machen, zu kontrollieren, zu überwachen, zu wollen. Das Bewusstsein über den furchtbaren Irrsinn der Liebe, der das Leben zerstört, verwüstet und sinnlos macht und der zu schmerzhaftem Siechtum führte; die Sicherheit über die absolute Niederlage meines entschlossenen Willens angesichts einer Liebe, die ich schließlich nun doch gerade bekommen hatte, wurde mir in diesem Moment so richtig offenbar, so wie ich dasaß, nackt, rauchend, den letzten Tanz der ausgehenden Flammen beobachtend. Tja, und was machst du nun?, fragte ich mich, du bist gefangen, verloren. Ich versuchte, mich zu verteidigen: Er hat dir gesagt, er liebe dich. Das stimmte. Aber es stimmte auch, dass er gelogen hatte. Das Bild von Beatriz, wie sie sich die Haare vor ihm streichelte, im Schwimmbad; das Bild von Beatriz, wie sie ihn auf offener Straße leichthin und komplizenhaft auf den Mund küsste, vor mir, das hatte sich mir in die Erinnerung eingebrannt. Ich wies die Eingebung wütend von mir. Das Bild von Beatriz, wie er mit ihr dieselben Liebesbewegungen machte wie mit mir gerade eben. Er steht nicht auf Jungs, hörte ich mich denken. Er hat das gemacht, weil … Mein Wille vertrieb die Nebel der Angst … weil er dich liebt. Er hat das getan, weil er dich liebt. Er hat es doch selbst gesagt. Dann zweifelte ich erneut. Er war betrunken. Aber die Idee, die mich retten sollte, die es mir erlauben sollte, diese Nacht schlafen zu können, bahnte sich unerschrocken ihren Weg: Er hat es dir doch gesagt. Er hat gesagt, er liebt dich. Die Zweifel entfernten sich, fürchteten sich, flüchteten vor meiner schrecklichen Entschlossenheit, mich an seine Worte zu klammern: Er hatte mir gesagt, er liebt mich. Was wollte ich mehr? Was brauchte ich mehr, um glücklich zu sein? Ich musste glücklich sein. Und dennoch, vor meinen Augen gleichsam in den Sternenhimmel gezeichnet, glaubte ich, tanzend, die Konstellation des Todes zu erkennen.

Ich weiß nicht, wie lange diese Agonie dauerte. Ich weiß, es war weit nach Mitternacht, als ich ein Geräusch im Zelt hörte. Ich schaute mich um: José, mit zerzaustem Haar, nackt, kam torkelnd auf mich zu.

»Aber … was machst du denn?«

»Nichts. Rauchen. Warten, dass das Feuer ausgeht.«

»Komm.«

Er nahm mich bei der Hand und zog mich ins Zelt. Er hieß mich hinlegen und ließ mich meinen Arm auf dem Schlafsack ausstrecken. Dann legte er sich, mit dem Rücken zu mir, auf die Seite und kuschelte sich an mich, seinen Kopf auf meine Schulter gebettet, meine Lippen, meine kleinen Küsse, die Feuchtigkeit, die unaufhörlich aus meinen Augen quoll und von seinem schwarzen strubbeligen Haar aufgesogen wurde. Dann fasste er in der Dunkelheit nach meinem anderen Arm und schlang ihn um sich, legte meine Hand auf seine kalte Brust. Er presste mir seinen zitternden Hintern in den Schoß. Mit der Kälte seiner Füße suchte er die Wärme der meinen.

»Was machen deine Wunden?«, fragte er.

»Alles ist gut, Liebster«, sagte ich. »Aber … warum tust du das? Warum kuschelst du dich so doll an mich?«

»Weil ich auch besser schlafe, wenn ich umarmt werde«, sagte er, fast schon im Schlaf.

Dritter Teil

Sind dir die Beine schwer?«

»Ja, ein wenig«, lächelte er.

Die Cuesta del Tombo, die wir zwei Tage zuvor mit den Händen in den Hosentaschen leichten Fußes bergab gewandert waren, war nun in entgegengesetzter Richtung furchtbar anstrengend. Der schlecht asphaltierte Weg schlängelte sich vor unseren Augen, vor unseren Beinen, unseren staubigen Stiefeln grausam Meter um Meter nach oben, ohne Ende.

José war an diesem Morgen vor mir erwacht. Wir waren beide nackt und hatten ineinander verknotet, eng ineinander verschlungen, einander zugewendet geschlafen. Er hatte sein Gesicht an meine Wange gedrückt, seine Hände lagen auf meinem Rücken, meine Arme unter seinen Achseln, seine Beine die meinen umfangend. Ich wurde kurz wach, als er sich aus unserer Umarmung löste und, ohne etwas zu sagen, zum Fluss ging, um sich zu waschen. Ich sank sogleich wieder ruhig und glücklich in den Schlaf. Aber José kam bald zurück und rüttelte mich wach. Ich sah ihn an, noch völlig verschlafen. Wir hatten beide Augenringe und waren völlig übernächtigt. Ich raffte mich binnen zehn Minuten auf und nach einem Kaffee in der Bar von Caín (der alte Pedro verabschiedete uns gerührt und wünschte wie immer mit großer Geste, wir mögen so bald wie möglich wiederkommen) machten wir uns auf den Weg. José war ernst. Armer, was für ein Kater. Ich hatte dennoch ein nicht enden wollendes Lächeln auf den Lippen.

»Sag mal, Javier, bis wohin gehen wir heute eigentlich?«

»Zum Essen? Wir schaffen es bis Cordiñanes. Da schlagen wir das Zelt auf und ruhen uns am Nachmittag einfach aus, das kann uns in unserem Zustand nur guttun, oder?«

»Und … warum legen wir nicht einen Zahn zu … und gehen bis Santa Marina?«

»Bis Santa Marina? Bis zum Ende? Bist du verrückt? Warum sollen wir uns das antun?«

»Keine Ahnung. Um Zeit zu gewinnen, oder?«

»Aber José, das ist eine tierische Strecke. So beladen, wie wir sind. Außerdem, wenn wir heute schon bis Santa Marina kommen, dann werden es statt fünf Tagen nur vier gewesen sein. Das war nicht, was wir uns …«

»Lass uns bis Santa Marina gehen. Ich schaffe das schon. Was meinst du?«

Ich blieb stehen.

»Das heißt, du möchtest, dass wir morgen wieder nach Hause fahren?«

»Ich weiß nicht. Ja. Wir haben doch alles gesehen, oder?«

Einen Tag weniger. Einen Tag weniger mit ihm. Aber eigentlich hatte er recht. Wir hatten ja bereits alles gesehen. Wir gingen weiter.

Ich hatte gerade mal drei Stunden geschlafen. José sah man den Kater im Gesicht an: Er war fix und fertig. Dennoch ließ er in seinem Schritt nicht nach. Die letzten beiden Kilometer der Cuesta del Tombo ließen uns Wasser und Blut schwitzen, aber José biss die Zähne zusammen und lief mit einer Geschwindigkeit, als wäre der Teufel hinter ihm her. Ich begriff nichts. In Cordiñanes, es war bereits Nachmittag, machten wir Rast und aßen ein Sandwich. Es war dieselbe Bar, in der wir auf dem Hinweg Rast gemacht hatten. Ich ging mit meinem Bier raus auf die Terrasse. Vor uns lag das beeindruckende Panorama des Westmassivs der Picos, blaugrau, mit seinen unerreichbaren Gipfeln. José kam auch heraus und stellte sich neben mich, betrachtete die schweigenden Berge.

»Was denkst du?«

»Es ist wunderschön. Wirklich.«

Die ersten Wolken des Nachmittags begannen, sich in der Ferne um die Bergspitzen herum zusammenzuziehen. Ich schwieg eine Weile. Aber er war bei mir.

»Weißt du was?«, sagte ich unvermittelt.

»Was?«

»Ich werde diese Tage niemals vergessen. Niemals in meinem ganzen Leben. Irgendwann werde ich darüber schreiben. Und du wirst mir über die Schulter schauen und genau darauf achten, was ich schreibe, um sicherzugehen, dass ich auch wirklich die Wahrheit schreibe.

José blieb still, schaute auf die Bergspitzen.

»Ja, ja, du wirst es mir schon noch zu lesen geben, was?«

Der Hieb saß. Es konnte nicht wahr sein. Er war müde, völlig übermüdet. In der Nacht, in unserer Nacht hatte er so viel getrunken.

Ich suchte in meinem Gedächtnis rasch nach einem gemeinsamen Bezugspunkt.

»Erinnerst du dich, was wir vor ein paar Tagen studiert haben? In Literatur, sechzehntes Jahrhundert. Hätt ich Euer Antlitz nicht geschaut …«

»Nö … Worum ging's da?«

Ich wandte mich ihm zu, lächelnd: »*Hätt ich Euer Antlitz nicht geschaut, so schmerzte es nicht, doch sähe ich auch Euer Antlitz nicht. Euch zu sehen ist furchtbare Qual, doch Euch nicht zu sehen wär viel schmerzlicher mir: Wäre nicht so verloren, doch verlöre viel mehr.*«

José machte ein ratloses Gesicht.

»Nein, ich erinnere mich nicht.«

»Nun, wenn das in der Prüfung drangekommen wäre …«, flüsterte ich, ohne meine Augen von seinen abzuwenden, die ins Nichts blickten.

»Aber es kam ja nicht dran«, grinste er mich an, ganz zufrieden. »Bist du schon fertig mit deinem Bier? Wollen wir nicht weitergehen?«

Wir schulterten wieder die Rucksäcke und gingen weiter. Er ging voran.

»Hey, José …«

»Was?«

Warum wich er meinem Blick aus? Warum bloß? Na ja, logisch, er war so müde, völlig fertig. Ich muss warten, bis er …

»Nichts. Schon gut. Lauf weiter.«

»Was hast du denn auf einmal? Soll ich das Zelt tragen?«

»Nein, ach Quatsch! Geh weiter«, murmelte ich, »ich trag es schon. Wir haben das Schlimmste noch vor uns.«

Miesmuscheln, Thunfisch, Käse, Venusmuscheln, ein Stück Salami, Tomaten, die wir in Caín gekauft hatten; hart gekochte Eier, die ich mit Salz, Öl, Paprika und Oregano anmachte. Ein Festmahl. Das gesamte Essen, was für zwei Abende kalkuliert war, nun als ein einziges Abendessen. Wir würden zurückfahren, uns blieben nur noch wenige Stunden, gerade einmal noch eine Nacht. Wir schlugen unser Zelt in einer Senke auf, hundert Meter von der Stelle entfernt, wo morgen früh bei Tagesanbruch der Autobus halten würde, der uns zurück nach Hause bringen sollte. Die Sonne war gerade hinter den Buchenwäldern des Panderrueda untergegangen und in den unzähligen Baumkronen schimmerte das letzte Tageslicht. José, mit einem Kanten Brot in der Hand, schaute abwesend zu, wie die letzten Lichtstrahlen erstarben. Das letzte Licht des letzten Tages, dachte ich, ihn anschauend.

»Lass deinen Käse nicht kalt werden«, sagte ich zu ihm mit leiser Stimme.

Wie sehr liebte ich ihn, wie unendlich stark war meine Liebe für ihn in diesem Moment, als er mich lange ansah, mit jener Sanftheit und Süße, mit dieser Schlichtheit, mit der er mir mein Grundnahrungsmittel gewährte: sein kleines Lächeln, die Anmut seines Gesichts, die Schönheit seiner Augen, die endlich in die meinen blickten, nachdem er mich den lieben langen Tag fast nicht angeschaut hatte und ich mich nicht in ihm hatte sehen können, mich nicht in ihm meiner selbst hätte vergewissern können, mich hätte lebendig fühlen können, denn dies war nunmehr meine einzige Möglichkeit: in ihm, durch ihn, für ihn. Ein ganzer langer Tag, an dem es mir nicht vergönnt gewesen war, den üblen Vorgeschmack der Angst aus meinem Inneren auszuspeien; den bitteren Geschmack der Stimmen, die seit heute Morgen immer lauter wurden und sich immer tiefer in meine Seele hineinfraßen, Stimmen, die da flüsterten: Er liebt dich nicht, es war Lüge, er liebt dich nicht. Doch selbstverständlich liebte er mich, natürlich liebte er mich. Das stimmte doch, oder? Oder? Es war in seinen Augen zu lesen, in ihrer Farbe und in ihrem Glanz, den ich endlich erblickte, den er mich endlich sehen ließ, nach der grausamen Folter, während des ganzen Tages, wo ich mich nicht in sie hatte versenken können, in der wohligen Wärme seines sanften Blickes hatte baden können, wie jetzt, da er mich anschaute, wie ich es mochte, wie ich es brauchte, um überhaupt weiteratmen zu können.

Ich lächelte schließlich, lebte auf, zündete mir eine Zigarette an und schaute hinüber zu den fernen Bergen, suchte mit meiner Hand seine Hand.

»Hast du eine Zigarette für mich?«, fragte er.

»Klar. Hier nimm meine.«

»Ich hab nämlich keine mehr.«

»Schon gut.«

»Warum gehen wir nicht runter ins Dorf und kaufen noch welche? Du hast auch nur noch zwei. Gehen wir?«

»Da ist bestimmt jetzt schon zu. Am besten, wir gehen einfach ins Bett. Los, komm ...«

»Aber es ist doch gerade erst zehn. Da ist bestimmt noch offen. Komm, oder willst du etwa alleine hierbleiben?«

Er erhob sich und setzte sich in Bewegung. Ich folgte ihm mit einem schmerzhaften Gefühl von Durst in meiner trockenen Kehle. Die Dorfschenke war geöffnet, voller Menschen, Rauch und Lärm. José verlangte zwei Schachteln Zigaretten.

»Mensch, ach nee, wen haben wir denn da? Die beiden jungen Burschen von neulich Morgen!«

Wir lachten. Es war dieselbe Alte, die an unserem schon so fernen Ankunftstag vor dem Haus gesessen hatte.

»Und? Seid ihr nass geworden oder seid ihr nicht nass geworden, neulich, ihr Burschen?«

»Na ja, ein bisschen schon«, antwortete José lachend.

»Seht ihr? Hab ich euch doch gesagt, ihr Burschen! Schön, schön. Und, was wollt ihr trinken?«

»Nichts«, sagte José lächelnd, »wir gehen gleich wieder, vielen Dank.«

»Einen Whiskey«, sagte ich, »auf Eis.«

»Eis gibt's keins, junger Mann.«

»Na dann eben ohne. Macht nichts.«

José machte ein komisches Gesicht. »Du willst jetzt Whiskey trinken?«

»Klar, du nicht? Wo wir nun schon einmal hier sind und morgen früh sowieso nach Hause fahren ...«

»Na gut, ich möchte ein Tonic, bitte«, sagte er, plötzlich ernst.

Die Alte stellte zwei Gläser vor uns hin. Ich kippte meinen Whiskey in einem Zug in mich hinein. Die Alte schaute mir amüsiert und verständig zu.

»Da ist aber einer durstig, was?«

»Wenn Sie wüssten, Señora ...«

»Doch, doch, ich weiß, ihr Burschen, der Weg ist sehr schlecht. Möchten Sie noch einen?«

»Na selbstverständlich.«

Eine Stunde später torkelte ich auf dem Weg zum Zelt. José ging voran. Wir schwiegen beide. Wir überquerten die Böschung zu unserem Zelt. José öffnete den kleinen Einstieg. Dann entzündete er die Gaslaterne, zog sich die Stiefel aus und breitete die beiden Schlafsäcke sorgfältig nebeneinander aus. Als ich mir gerade die Schnürsenkel geöffnet hatte, lag er bereits in seinem Schlafsack, den Reißverschluss bis zum Hals hochgezogen, eingepackt wie eine Mumie. Ich zog mir das graue Oberteil an, das noch nach José roch, und legte mich auf meinen eigenen Schlafsack, nackt, seinem Rücken zugewendet.

»So wirst du frieren«, sagte ich. »Warum decken wir uns nicht beide mit meinem Schlafsack zu?«

»Nein, lieber nicht. Außerdem ist es doch gar nicht so kalt; es ist wirklich nicht nötig.«

Er lag mit dem Rücken zu mir. Ich berührte seine Schulter.

»José ...«

»Was ist denn?«

»Komm, schau mich mal an.«

Er drehte sich halb zu mir. Ich schnappte mit meinen Lippen nach seinen. Als er sich brüsk wegdrehte, schlug seine Schulter gegen mein Kinn.

»Nein«, sagte er, »es ist genug.«

»Aber ... was ist denn los?«

»Es reicht!«, schluchzte er, fast schrie er, er wandte sich heftig ab, drehte mir erneut den Rücken zu. »Ich hab's jetzt zwei Mal gemacht. Jetzt ist es ja wohl genug, oder?«

Ich blieb einen Moment still. Es konnte nicht sein. Es war unmöglich. Es musste einfach unmöglich sein. Dann, als Nächstes, einfach so, warf ich mich an seinen Hals, ließ mich auf ihn fallen und umarmte ihn ungestüm durch den Schlafsack und küsste ihn gierig auf den Hals.

»Lass mich los, Mann! Lass mich los!«, seine Stimme zitterte vor Angst, vor Wut. »Ich will das nicht noch mal. Hörst du?«

Ich ließ ihn los.

»Ich hab's gehört«, sagte ich, erschaudernd, »ja, ich habe verstanden. Aber, warum?«

»Weil … darum. Ich mag das nicht.«

»Wie, du magst das nicht?«

»Genau das. Ich ertrage es nicht. Es gefällt mir nicht.«

»Und gestern Nacht?«

»Das von gestern Nacht ist ohne Bedeutung. Das habe ich dir schon auf dem Rückweg gesagt. Es bedeutet mir gar nichts. Es bedeutet vor allem nicht, dass ich … so bin. Ich habe das getan, weil du es wolltest. Nur deswegen.«

»Nein«, antwortete ich, irgendetwas hatte mir den Magen zugeschnürt und brannte bitterlich in mir, »du hast es gemacht, weil du es wolltest. Das weißt du sehr wohl. Und sehr wohl hat es auch etwas zu bedeuten. Du hast ungefähr hundert Mal ›Ich liebe dich‹ zu mir gesagt.«

»Das habe ich gesagt, weil du mich darum gebeten hast. Nur deswegen. Und ich war besoffen.«

»Du hast dich absichtlich besoffen, um deine Angst zu überwinden, José, damit du dich das zu tun trautest, was du machen wolltest. Du hast dich so heftig ins Zeug gelegt, nicht ich. Du wirst jetzt ja wohl nicht behaupten …«

»Ach, denk doch, was du willst.«

»Was ich denken will, was ich nicht aufhören kann zu denken, ist, dass du zu mir gesagt hast, dass du mich liebst. Das hast du zu mir gesagt, José, du hast es oft wiederholt, José, du musst dich daran erinnern.«

»Ich weiß nicht. Ich hatte echt viel getrunken, ich erinnere mich nicht mehr an solche Sachen. Wenn ich das zu dir gesagt habe, dann meinte ich, dass ich dich als Freund mag.«

»Das ist eine Lüg… das ist nicht wahr. So hast du es nicht gesagt.«

»Na gut, meinetwegen glaub doch, was du willst.«

Warum tat er mir das an? Ich überlegte kurz, ob es sich vielleicht um seinen schwarzen Humor handeln könnte, der sich im nächsten Moment in einer Umarmung, einem Sturm von Küssen aufklären würde. Aber das geschah nicht. Es dauerte zu lange. Ich war kaum noch in der Lage, meine Tränen zurückzuhalten. Das war, als ich in meinem Innersten suchte und mir ganz plötzlich auf schockierende Weise klar wurde, dass es für mich keinen Ort gab, an den ich zurückkehren konnte, wohin ich flüchten konnte, wo ich mich sicher fühlen konnte. Die Vergangenheit hatte aufgehört zu existieren, es gab kein Zurück mehr zu den Tagen der Nachhilfestunden. Freibad und Prüfungen waren vorbei. Die Beresina hat es nie gegeben und wir waren andere Personen.

»Hey …«, flüsterte ich, »José, sieh mich doch wenigstens an, komm schon.«

Er drehte sich um. Es lag ein solcher Hass in seinem Blick, dass ich automatisch meine Augen senkte.

»Schau mich doch nicht so an …«

»Ich schau dich an wie immer.«

Mein Gott! Wann war dieses ›Immer‹ gewesen? In die Enge getrieben und eingeschüchtert von dem Abscheu, der Verachtung dieses Unbekannten, der nur voller Ungeduld darauf wartete, dass die Konversation endete, damit er endlich schlafen konnte, versuchte ich, ihn zumindest daran zu erinnern, dass es eine vorige Nacht immerhin gegeben hatte. Das war mir genug. »José, ich weiß nicht, ob du dich erinnerst oder nicht, aber gestern Nacht warst du absolut glücklich mit mir.«

»Aber hast du denn nicht gemerkt, dass ich jedes Mal, wenn ich dich angefasst habe, an eine Frau denken musste, um überhaupt geil zu werden?«

Das war gelogen, aber es war ja nun auch egal. Es war ohnehin alles verloren. Die Tränen begannen mir ruhig, ohne Anstrengung aus den Augen zu quellen. José wäre auf mich zugekommen, um sie mit seinem guten Herzen zum Versiegen zu bringen. Dieser Typ im Zelt zuckte nicht einmal mit der Wimper.

»An eine bestimmte oder an irgendeine?«

»Das geht dich gar nichts an.«

Es tat nicht weh. Wenn sie auf dir rumtrampeln, so entsteht der Schmerz beim Brechen des ersten Knochens. Danach kommt es nicht mehr darauf an, ob es einer, fünf oder zehn Knochen sind. Javier wäre ohne Zögern aus dem Zelt gegangen und hätte die Nacht lieber im Freien verbracht. Aber das wenige, das von ihm übrig geblieben war, das heißt ich, war kaum noch in der Lage, zu unterscheiden, welche seine Gedanken waren und welche nicht. Und das Einzige, was er wusste, war, dass der Unbekannte, der neben ihm in diesem Schlafsack lag, das geliebte Gesicht Josés trug.

»Also ich brauchte an niemanden anderes zu denken als an dich«, sagte ich mit leiser Stimme, »denn ich liebe dich sehr wohl. Ich bin ganz sicher, ich liebe dich, José, und ich werde die Nacht gestern nie vergessen. Denn es gibt auf der Welt niemanden sonst …«

»Und was ist …«, unterbrach er mich mit lauter werdender Stimme, »und was ist mit Ana?«

Das war entwaffnend.

»Ich weiß es nicht. Ich vermute, es gibt unterschiedliche Formen der Liebe unter den Menschen. Aber ich bin mir nicht sicher.«

»Klar ist immerhin«, sagte er in einem Ton, als ob er es schon lange in sich trüge und schon darauf gewartet hatte, es loszuwerden, »dass du von langer Hand alles fein geplant hattest, oder nicht? Der ganze Film mit den Nachhilfestunden. Wie toll hast du das alles eingefädelt. Und das Einzige, was du von Anfang an wolltest, war, mich dafür hierher zu schleppen.«

»Und wofür, deiner Meinung nach?«

Eigentlich an das Strahlen seines Gesichtes gewöhnt, erschreckte mich diese hasserfüllte Fratze zutiefst.

»Das weißt du ja wohl besser als ich, oder?«

»José«, flüsterte ich und schaute ihn durchdringend an, »José, glaubst du wirklich, dass alles, was ich wollte, war, mit dir zu ficken?«

Ich glaube, erst in diesem Moment, ins Halbdunkel gehüllt, wie wir waren, sah er, dass mir die Tränen die Wangen herunterliefen. Er schwieg einen Augenblick, mit gesenktem Blick.

»Na ja, ich weiß nicht.«

»Ich glaube sehr wohl, dass du das weißt. Ich weiß nicht, was heute mit dir los ist, warum du mir das antust, warum du dich anstrengst, dich an nichts von gestern Nacht zu erinnern ...«

»Nein, darum geht es nicht ...«

»... aber ich kenne dich, du bist mein Freund, du bist nicht so mies, dass du all die vielen Dinge vergessen hättest, die wir gemeinsam erlebt haben, seitdem wir uns kennen, José. Hasse mich, wenn du willst, mach mit mir, was du willst, aber versuche nicht, das, was wir immer gefühlt haben, zu verdrehen.«

»Ich habe eine Sache gefühlt und du hast eine andere Sache geplant.«

»Das ist eine verdammte Lüge.«

»Nein, es ist die Wahrheit.«

»Das ist eine ganz infame Lüge!«, schrie ich. »Ich war dein bester Freund, hast du gesagt; du könntest es nicht ertragen, dass ich wütend auf dich war, du hast mich in jener Nacht im Schwimmbad umarmt, wie mich zuvor noch niemand umarmt hatte, du warst am anderen Tag so glücklich mit mir, als du aus deiner Lateinprüfung kamst, du liebtest mich gestern, José, du hast zumindest gesagt, du würdest mich lieben! Du hast mich dazu gebracht, dir zu zeigen, wie man küsst! Was du jetzt sagst, ist eine glatte Lüge!«

Er blieb eine Weile still, mit gesenktem Blick.

»Komm schon, hör jetzt auf zu heulen.«

»Ich kann nicht.«

Ich glaubte zu spüren, wie er angerührt wurde, wie er sich zumindest beruhigte. Ich glaubte, ich würde anfangen, ihn wiederzuerkennen.

»Und wie geht es jetzt weiter?«, fragte ich.

»Wann, jetzt?«

»Ab jetzt, wenn wir wieder zurück sind.«

»Ich habe keine Ahnung, woher soll ich das wissen«, log er, »aber ich glaube, es wird mir nicht so leichtfallen, dir das zu verzeihen.«

»Ich habe dich nicht um Verzeihung gebeten«, stieß ich hervor, »und ich denke auch gar nicht daran, dich um Verzeihung zu bitten. Es gibt nichts, was du mir verzeihen müsstest.«

»Und meine Schwester wohl auch nicht, was? Du betrügst sie und hast dir da wohl auch gar nichts vorzuwerfen, was?«

»Ich habe deine Schwester nie belogen und dich auch nicht. Das wisst ihr alle beide sehr gut. Und ich werde dir sehr wohl das verzeihen, was du mir antust. Ich liebe dich zu sehr, ich kann nicht anders.«

»O.k. Wie du willst.«

Er drehte sich wieder mit Vehemenz um und löschte das Licht. »Und jetzt lass mich schlafen, ja?«

»José, bitte …«, ich legte meine Hand auf den Teil des Schlafsackes, der seine Schulter schützte, ja panzerte.

»Wir müssen früh aufstehen, schlaf jetzt, verdammt noch mal.«

»José … José, in Gottes Namen! José, bitte …«

Er drehte sich um wie eine Furie: »Sag mal, merkst du nicht, dass ich nicht anders kann, dass ich nicht anders will?! Lass mich jetzt endlich in Ruhe!«

Ich weiß nicht, wie lange ich so auf meinem Schlafsack gesessen hatte, bewegungsunfähig, orientierungslos, nur meinen rasenden Herzschlag hörte, nicht einmal Kraft zum Weinen hatte. Ich hoffte, etwas Licht zu sehen in den dichten, dunklen Wolken, die sich in meinem Kopf drehten, die sich um mich herum weiter zusammenzogen. Dann überkam mich ein Gefühl von völliger Erschöpfung. Ich legte mich hin. Er schlief nicht.

»José«, sagte ich ganz leise.

»Was?«

»Bis morgen.«

Es dauerte, bis er antwortete.

»Adiós.«

Ein kleiner Kuss, sanft auf meine Handfläche gesetzt, flog im Dunkeln hinüber zu ihm, bis in den Schlafsack, in dem er sich verschanzt hatte.

»Ich liebe dich.«

Es kam keine Antwort mehr. Die Nacht zog sich endgültig über mir zusammen.

Wir saßen getrennt, tauschten kein einziges Wort während der gesamten Fahrt. Der Bus war völlig leer. José legte sich nach einer Stunde holperiger Fahrt auf die hinterste Sitzbank. So wie auf der Hinfahrt. Aber in den vier Tagen war eine Ewigkeit vergangen. Auf der Hinfahrt hatte er mit dem Kopf auf meinem Oberschenkel geschlafen. Jetzt versuchte ich, durch die brennenden Tränen hindurch die Landschaft zu sehen, ich hatte keine Kraft mehr. Allein die Vorstellung, mich von der Stelle, an der ich mich befand, wegbewegen zu müssen, ließ mich vor Angst schlottern.

Als wir ankamen, war der Busbahnhof praktisch wie ausgestorben. Wir holten die Rucksäcke aus dem Gepäckfach.

»Wartest du eine Minute auf mich? Ich muss mal telefonieren«, richtete ich das erste Wort seit Stunden an ihn.

»O.k., ich gehe schon mal raus.«

Er drehte sich um und ging in Richtung Ausgang. Es sollte das letzte Mal für viele Jahre sein, dass ich ihn sah.

Ich ging zur Telefonzelle. Ana ging ans Telefon. Sie merkte sofort an meiner Stimme, dass etwas nicht stimmte.

»Sag mal … was ist denn passiert?«

»Nichts. Bist du zu Hause?«

»Ja, klar.«

»Gut. Wir kommen gleich.«

»Hör mal, was ist denn los? Geht es dir gut?«

»Nein, mir geht es nicht gut. Wer ist sonst noch bei euch zu Hause?«

»Niemand. Meine Mutter arbeitet heute früh und alle anderen sind weg. Aber willst du mir nicht endlich sagen, was passiert ist?«

»Gleich. Wir kommen erst mal zu dir.«

Ich legte auf. Als ich zurück in die Halle kam, konnte ich José nirgends sehen. Er war gegangen. Ich nahm meinen Rucksack und ging nach Hause zu Ana. Ich fühlte mich völlig erschöpft, der Rucksack brach mir fast das Kreuz. Die vier Treppen bei Ana im Haus kamen mir endlos vor. Es war, als wäre ich in diesen vier Tagen um vierzig Jahre gealtert. Sie öffnete.

»Aber Javier. Was ist denn mit euch los?«

»Ist er hier?«

»Er kam und hat sich gleich in sein Zimmer eingeschlossen. Er hat nicht einmal Hallo gesagt. Warte, ich sag ihm Bescheid.«

»Nein!«, ich hielt sie am Arm fest. »Lass ihn, ruf ihn bloß nicht.«

»Aber … würdest du mir jetzt vielleicht erklären, was passiert ist? Komm erst mal rein, in mein Zimmer, und nimm vor allem dieses Monstrum vom Rücken!«

Das sieht ja aus wie ein Mausoleum, war das Erste, was ich dachte. Das Zimmer von Ana war bis zur Decke voll mit roten Rosen. Auf dem Nachttisch, auf dem Schreibtisch, über dem Kopfende des Bettes, auf dem Boden.

»Die letzten kamen vor einer halben Stunde. Wir haben fast keine

Vasen mehr im Haus«, lächelte sie und gab mir einen Kuss auf die Wange.

»Morgen kommen noch mehr. Ich hatte dir Rosen für fünf Tage bestellt.«

Ich spürte, wie mir schwindelig wurde.

»Komm, setz dich. Du bist ja ganz blass. Geht's dir gut?«

Ich rührte mich nicht. Im Stehen, von da aus, wo ich stand, schaute ich die ganzen Rosen an, in allen Ecken, Rose für Rose, bis meine Augen sich mit Anas Blick trafen. Ich versuchte zu lächeln.

»Danke«, sagte sie, »sie sind herrlich, Javi, aber du bist ein bisschen übergeschnappt. Das ist doch nicht nötig. Es gibt Dinge, die verstehe ich, auch ohne dass mein Zimmer in die Garderobe der Caballé verwandelt wird, nicht? Und jetzt erzählst du mir alles. Und wo wir schon dabei sind, darüber zu sprechen, du weißt, ich liebe dich sehr, was auch immer geschehen sein mag, Javi. Komm, setz dich zu mir, komm. Ja, willst du mir denn nicht endlich sagen, wa… s? Javi! Javier!«

Der erste Brechreiz ließ mich zusammenkrümmen; ich versuchte noch, die Zimmertür zu öffnen und zum Bad zu gelangen. An den zweiten Brechreiz erinnere ich mich nicht mehr.

Es waren lange Monate. Aus dem Krankenhaus war ich zwar nach nicht einmal zwei Wochen wieder entlassen worden, aber die akute Blutzuckersenkung zog sich wegen der Anämie länger hin und verkomplizierte sich vor allem wegen der Depression. Meine Eltern und meine Brüder wichen nicht von meiner Seite. Ana verbrachte jede freie Minute bei mir, vor allem am Anfang. Dann, mit Semesterbeginn, wurden ihre Besuche immer seltener, aber ich erinnere mich an fast nichts von alledem. Die nervösen Attacken, die mich vor allem nachts überkamen, mündeten in heftige Schreianfälle, während derer ich – wie mir mein Vater sehr viel später erzählte – unaufhörlich nach einem gewissen José verlangte und nach jedem erbarmungslos schlug, der sich mir nähern wollte. Die Anfälle wurden mit Beruhigungsmitteln bekämpft, die mich die meiste Zeit in einem lethargischen Zustand hielten. Es fiel mir schwer, Tageszeiten, Gesichter oder Worte zu unterscheiden, die ich sagte oder die man an mich richtete. Jedwede Nahrung führte bei mir zu sofortigen Brechanfällen. Als ich – im Rollstuhl – aus diesem blau-weißen Zimmer abgeholt wurde, war mir meine gesamte Kleidung viel zu groß geworden.

Danach, zu Hause, verbrachte ich ganze Wochen im Sessel, schaute aus dem Fenster, las oder dämmerte vor mich hin. Ich sah, wie die Pappeln im Park langsam ihre Blätter verloren; ich sah, wie die Menschen auf der Straße wärmer angezogen waren; ich sah die ersten todtraurigen Herbstregen. Noch heute tut es mir weh, wenn ich daran denke, wie bleich mein Vater war, als er, nachdem er des Nachts meine Schritte auf dem Korridor gehört hatte, an der Tür des Badezimmers rüttelte und mich mit blutenden Venen am linken Handgelenk und einem abwesenden Gesichtsausdruck herausschleifte. Er brauchte viele Monate, um zu verstehen, was mit mir los war, hatte mir aber gleich damals sofort verziehen. Wieder im Krankenhaus, wieder unter Medikamenten, wurde ich die Schlaflosigkeit nicht los, ebenso wenig wie das unerträgliche Gefühl von Einsamkeit, aus dem heraus meine Familie und meine Freunde sich gezwungen sahen, fast rund um die Uhr mit stoischer Geduld an meiner Seite zu verbringen.

Dennoch wurden die Albträume Woche für Woche weniger, die nächtlichen Panikattacken seltener und vor allem ließ der Schwindel nach, der es mir nicht erlaubt hatte, mich einem Fenster auch nur zu nähern, und ebenso diese unerträglichen Ängste vor dem Alleinsein. Die vielen Medikamente zeigten – langsam, wie alles in jenen Tagen – ihre Wirkung. Der Arzt entschied zu irgendeinem Zeitpunkt, dass – auch wenn es mir nicht gefiele – ich wieder raus auf die Straße müsste. Zunächst in Begleitung meiner Eltern oder irgendeines Freundes: nur kurze Spaziergänge, immer bei jemandem untergehakt, bis zur Kathedrale, um ein wenig dem Orgelspiel zu lauschen, oder bis zur Stierkampfarena und wieder zurück nach Hause. Dann, mit der Zeit, machte ich einige längere Ausflüge, auch mal aufs Land, Besuche bei Freunden, bei meiner Musiklehrerin, an der Uni. Ana hatte es übernommen, mich einzuschreiben, während sie dabei war, sich um ihre eigene Versetzung nach Salamanca zu bemühen. Ich weiß nicht mehr, ab wann wir nicht mehr zusammen waren, wenn wir überhaupt darüber jemals gesprochen haben. Ich erinnere mich, dass wir uns zunächst nur am Wochenende gesehen haben, dann nur noch ab und an, denn sie kam nicht jedes Wochenende aus Salamanca nach Hause. Irgendwann, es war schon richtig kalt draußen, erzählte mir jemand, dass er sie am Arm eines anderen gesehen habe. Ich weiß nicht mehr, was ich dachte oder sagte. Ich erinnere mich aber auch an keinen Schmerz deswegen.

Weihnachten stand vor der Tür, als sie mich endlich auch allein auf die Straße ließen. Ich wusste nicht einmal, wohin ich eigentlich gehen sollte, außer zum Psychologen jeden zweiten Tag, oder nachmittags zu meiner Lehrerin nach Hause. Dann, am Dreikönigstag, überraschte mich meine Mutter mit einem seltsamen, schweren Paket.

»Wo du jetzt so ein blasses Gesicht hast, dass du aussiehst wie ein Schriftsteller aus der Romantik«, lachte sie, »habe ich dir das hier anfertigen lassen.«

Ich war entsetzt. Es war ein schwarzer Umhang. Aber nicht der traditionelle spanische Umhang mit dem typischen Stehbündchen und dem roten oder grünen Futter, sondern ein echter Priester-Umhang, der mir fast bis an die Knöchel reichte, mit schwarzem Seidenfutter und einer silbernen Spange.

»Mami, willst du dich über mich lustig machen?«

»Nein, überhaupt nicht«, lachte sie wieder, »an dem Tag, wo du den Mut hast, damit auf die Straße zu gehen, weiß ich, dass du wieder ganz gesund bist.«

Sie gab mir einen Kuss und strubbelte mir durch die Haare, wie sie es immer gemacht hatte, als ich noch klein war. Mein Vater, der in einer Ecke des Flurs an der Wand lehnte und die Szene beobachtet hatte, lächelte zufrieden. Ich legte mir sofort diese Masse schwarzen Stoffes über die Schultern, schloss die silberne Spange und holte meinen rechten Arm aus diesen schwarzen Fluten hervor. Die Szene hatte etwas Komisches.

»Na guck mal an«, sagte sie, »du siehst ja sogar richtig gut damit aus«, und machte eine Verbeugung. »Na bitte. Da brauchst du nur noch schwarze Anzughosen und spitze schwarze Schuhe, wie sie dein Vater zur Hochzeit getragen hat.«

Ich ging mit Paco und Eduardo, den Brüdern von Ana und José, einen Wein trinken. Ich konnte wieder lächeln. Mir tat fast das Gesicht weh. Es war seit langer Zeit das erste Mal, dass ich lächelte.

Es muss Ende Januar gewesen sein, in der letzten Januarwoche. Es war so gegen fünf Uhr nachmittags. Der Himmel war grau und der kalte, leichte Wind kündigte Schnee an. Ich ging zur Klavierstunde, was in Wirklichkeit das Geschenk meiner Eltern an mich zum Dreikönigstag war, in das ehemalige Haus meiner Großmutter, wo ich mir einen Schreibtisch, meine Bibliothek, den Computer und überhaupt meinen Arbeitsplatz eingerichtet hatte. Als ich aus der Haustür trat, sah ich ihn auf der anderen Straßenseite. So wie er gekleidet war, mit einer Jeansjacke mit Lammfellkragen, hatte ich im ersten Moment das Gefühl, ihn entfernt von irgendwoher zu kennen. Als er die Hand hob und mir zuwinkte, schaute ich genauer hin. Ja, ganz sicher hatte ich ihn schon einmal gesehen: Das blonde Haar, das in einer Strähne über sein linkes Auge fiel, die hellen Augen. Es saß auf der Steinbalustrade. Ich überquerte die Straße.

»Kennen wir uns?«, lächelte ich.

»Erinnerst du dich nicht mehr?«

»Na ja …«

»Du hast mir das hier letzten Sommer gegenüber im Park gegeben. Das wollte ich dir zurückgeben.«

Er drückte mir drei Tausend-Peseten-Scheine in die Hand. Ich schaute ihm in die Augen. Der Junge versuchte zu lächeln, aber er war sehr nervös. Natürlich erinnerte ich mich an ihn. Der Stricher aus dem Park, in jener Nacht. Ich war verwirrt.

»Was machst du hier? Warum bist du gekommen, nach so langer Zeit?«

»Na ja, siehst du doch.«

»Und woher weißt du, wo ich wohne?«

»Na, ich bin dir nachgegangen, als wir uns kennengelernt haben«, sagte er, ohne mich anzuschauen. »Du, ich wollte sehen, wie es dir geht. Ich habe gehört, du warst krank.«

»Ein bisschen. Jetzt geht's mir wieder besser, ehrlich. Vielen Dank.«

»Du bist ja ganz dünn geworden …«

»Na, so schlimm ist es auch wieder nicht …«, ich sah ihn mir an, »wenn ich ganz ehrlich sein soll, du bist der Letzte, von dem ich …«

»Ja, das denke ich mir. Na ja, um auch ehrlich zu sein …«, er schwieg kurz, wurde immer nervöser, »komme ich nicht zum ersten Mal. Aber wo du ja kaum das Haus verlässt …«

Ich setzte mich neben ihn.

»Du möchtest mir eigentlich etwas sagen und weißt nicht, wie du anfangen sollst«, sagte ich zu ihm.

Er blieb still, schaute den vorbeifahrenden Autos zu.

»Warum gehen wir nicht ein Stück spazieren, bevor es anfängt zu schneien«, schlug er vor.

»Ja, warum nicht.«

Wir gingen hinunter in den Park, der ganz einsam, traurig und winterlich dalag. Der kalte Wind wirbelte durch die trockenen

Blätter am Boden. Wir gingen langsam, die Hände tief in die Hosentaschen vergraben.

»Na gut … es gibt jemanden, der dich um Verzeihung bitten möchte und dir Grüße ausrichten lässt. Also in Wirklichkeit schickt er dir einen Kuss.«

»Wer?«

»Er hat mir das hier für dich gegeben.«

Er nahm aus seiner Jackentasche ein kleines, grau eingewickeltes Päckchen. Als ich es öffnete, setzte mein Herz einen Schlag aus. Ich wurde blass. Ich hielt, sorgsam gefaltet, die blaue Badehose Josés in der Hand.

»Was soll das denn?«, murmelte ich und schaute ihm tief in die Augen.

»Ganz ruhig, Javi, ganz ruhig. Hör mal, versteh es nicht falsch. Fang jetzt nicht an zu weinen. Es ist doch nun alles überstanden, oder? Komm, sei ganz ruhig. Wir setzen uns hier mal auf die Bank. Verdammt, ich hab es mir ja gedacht.«

»Kannst du mir sagen, was das soll?«, sagte ich und blieb stehen.

»Nichts, es ist nett gemeint. Ehrlich. Er kann dich nicht sehen … Na gut, er will dich nicht sehen, er meint, es wäre besser, alles so auf sich beruhen zu lassen, aber …«

»Wer? Wer will mich nicht sehen?«

»Du weißt doch, wer. José Antonio, José. Es ging ihm sehr, sehr nah, als er hörte, wie schlecht es dir gegangen ist, und er möchte, dass du ihm verzeihst.«

»Und warum kommt er nicht und sagt mir das selbst, wenn es ihm angeblich so nahe gegangen ist?«

»Keine Ahnung. Ich nehme an, er hat Angst davor, dich zu treffen. Aber versteh es bitte nicht falsch. Bitte.«

Wir gingen weiter. Ich fühlte mich plötzlich wieder schwach, ich atmete schwer. Der Junge nahm meinen Arm und wir gingen eine

Weile schweigend nebeneinanderher. Ich merkte immerhin, dass der faulige Geruch der Erinnerungen sich verzog, dass ihre Kraft nicht mehr dieselbe war. Ich zündete mir nervös eine Zigarette an.

»Hast du auch eine für mich?«

Da plötzlich, als ich diesen Tonfall hörte, war die Erinnerung wieder da. Als ich in jener Nacht, in der ich diesen blonden Jungen kennenlernte, nach Hause ging, hatte er mir eine Schachtel Zigaretten zugeworfen, die nicht mir gehörte. Ich hatte meine Schachtel ein paar Minuten später, schon in meinem Zimmer, in meiner Jackentasche gefunden. Ich lächelte, als ich ihm Feuer gab.

»Behalte die Schachtel. In Wirklichkeit gehört sie dir. Damals in jener Nacht, als du mir eine Schachtel zugeworfen hast, hatte ich schon …«

»Nein«, unterbrach er mich, »sie gehört dir.«

»Nein, was ich dir zu erklären versuche, ist, dass ich schon meine Zigarettenschachtel hatte. Du hast dich bestimmt geirrt, als …«

»Die Schachtel, die ich dir zugeworfen habe, bevor du gegangen bist, hattest du auf dem Sprungbrett im Schwimmbad liegen gelassen.«

»Aber … was redest du denn da?«

»Ich habe euch gesehen. Dich und José. Ich arbeite im Sommer im Schwimmbad. Ich bin ein Freund von José, wie du vielleicht mittlerweile gemerkt haben wirst. In jener Nacht war ich noch dabei, die Küche zu putzen, als ihr kamt. Ich sah euch, wie ihr auf dem Sprungbrett gesessen und geraucht habt und wie ihr dann gebadet habt. Dann seid ihr abgehauen. Und du hast die Kippen liegen gelassen.«

Ich ging weiter, schweigend, mit kurzen Schritten, bei ihm untergehakt. Seine Worte fielen, mehr als auf eine Erinnerung, auf eine Narbe, noch zart und weich, aber immerhin eine Narbe und keine Wunde mehr. Ich seufzte.

»Dann bin ich euch gefolgt. Besser gesagt, dann bin ich dir gefolgt.«

»Warum bist du mir gefolgt?«

»Ich weiß auch nicht …«

Ich sah ihn dankbar an. Natürlich wusste er es. Wir wussten es beide.

»Du hast ihn nach Hause gebracht und bist dann hier in den Park gekommen. An den Rest erinnerst du dich bestimmt selbst.«

»Ja, klar erinnere ich mich. Und ich erinnere mich auch, dass du mir nicht deinen Namen gesagt hast.«

»Ich heiße Miguel.«

»Das dachte ich mir.«

»Wieso?«

»José hat mir von einem Jungen erzählt, der ein Freund von ihm ist und der im Schwimmbad arbeitet und der so heißt.«

Er sah mich an, wieder nervös, und nahm einen langen Zug an der Zigarette.

»Und … was hat er sonst noch so über mich erzählt?«

Ich lächelte ihn zärtlich an.

»Dass du ein ganz toller Typ bist.«

»Sonst nichts?«

»Also, soweit ich mich jetzt erinnere, nichts weiter«, log ich.

»Ah.«

Wir blieben vor der Steinmauer stehen, am Fluss. Ich weiß nicht, ob er dorthin steuerte oder ob ich es war, jedenfalls kamen wir zu genau der Stelle, an der wir uns vor vielen Monaten kennengelernt hatten.

»Das heißt, du bist auch eigentlich gar kein Stricher.«

»Natürlich nicht.«

»Und dieses Gerede, wo jedes dritte Wort ›Ey‹ und ›Alter‹ war, und so …?«

»Das war, um dich geil zu machen«, er wurde rot wie eine Tomate, »und damit ich mich nicht verrate.«

»Damit du dich nicht … verrätst? Wie meinst du das?«

»Ach, nichts, nur so.«

Ich lachte innerlich und war zugleich ganz gerührt, wie nervös er war.

»Ach ja, und wie geht's denn eigentlich deiner Freundin, deiner ›Braut‹?«

»Das war auch gelogen«, lächelte er, immer mehr errötend.

Er sprach zur anderen Seite, sein Gesicht von mir abgewendet. Wir schwiegen eine Zeit lang. Ich drehte mich um und sah auf das graue, träge Wasser des Flusses.

»Weswegen bist du gekommen, Miguel?«

»Um dir das zu geben, was mir José für dich gegeben hatte.«

»Nur deswegen?«

»Na ja, und um zu sehen, wie es dir geht. Ich weiß, du warst ein paarmal im Krankenhaus, es ging dir sehr schlecht, und du bist immer noch bei irgendwelchen Ärzten … Aber ich sehe, dir geht's schon gut, viel besser zumindest. Aber du musst ein bisschen mehr essen, ja? Du bist ja nur noch Haut und Knochen.« Er lachte.

»Und mehr wolltest du nicht?«

»Weswegen soll ich denn noch gekommen sein?«, fragte er leise.

»Na, ich habe keine Ahnung«, ich nahm seine Hand, während ich weiter auf den Fluss schaute, »um mir zu sagen, dass du mich in jener Nacht am liebsten hundert Mal erwürgt hättest, zum Beispiel.«

»Hundert Mal wäre noch zu wenig«, lächelte er verschämt. »Das mit mir zu machen, was du gemacht hast, und dabei an einen anderen zu denken …«

»Verzeih mir.«

»Nein, es gibt da gar nichts zu verzeihen, ich wusste es doch. Man brauchte nur zu sehen, wie du ihn immer anschautest. Du bist wirklich völlig verrückt nach ihm gewesen. Aber in jener Nacht hab ich anschließend zu Hause ganz allein für mich bitterlich geweint, nachdem wir zusammen waren …«

»Beim letzten Kuss, ich weiß nicht, ob du dich daran erinnerst; den ich dir genau da vorn bei den Bäumen gegeben habe, da habe ich nicht an ihn gedacht. Dieser Kuss war für dich.«

»Natürlich erinnere ich mich. Und genau deshalb hatte ich gehofft, dich wiederzusehen. Und eigentlich bin ich fast nur deswegen heute gekommen.«

»Nur deswegen?«

»Nein, nicht nur deswegen … Eigentlich, um dich … Also ich dachte, vielleicht hast du ja Zeit, dass wir uns noch mal sehen können, irgendwann dieser Tage einmal. Natürlich nur, wenn du willst, jetzt wo es dir wieder besser geht … Denn du musst dich jetzt vor allem schonen und ich möchte nicht …«

»Passt dir morgen?« Ich schaute ihn mir an. Aus seinen blauen Augen leuchtete eine so reine Zuneigung, wie ich sie schon lange nicht mehr gesehen hatte.

»Ja klar«, sein Gesicht erhellte sich.

»Also dann morgen. Wo wollen wir uns treffen?«

»Im Haus deiner Großmutter, wo du immer Klavier spielst, wenn du möchtest.«

»Aber … woher weißt du denn das?«

»Ich weiß viel mehr Dinge über dich, als du dir vorstellen kannst«, flüsterte er und drückte mir sanft die Hand.

Er schaute nervös nach rechts und links. Es war niemand zu sehen. Und schnell gab er mir mit einer flüchtigen Bewegung und geschlossenen Augen einen zarten Kuss auf den Mund.

»Und deswegen bin ich auch gekommen …«

Ich lächelte ihn an, strich ihm die rebellische Strähne aus der Stirn, hakte mich bei ihm unter und ging mit ihm zum Ausgang des Parks. Wir verabschiedeten uns bis zum nächsten Tag. Als er sich entfernte, rief ich ihn.

»Eh, Miguel!«

Er drehte sich um.

»Du hast deine Zigaretten vergessen!« Ich warf ihm die Schachtel zu.

Er hob die Zigarettenschachtel vom Boden auf, lachte, winkte mir und bog um die Ecke.

Als ich in die Avenida einbog, begannen die ersten Schneeflocken zu rieseln, ruhig und winzig klein. Genau hier hatte José Beatriz vor meinen Augen geküsst, am Tag bevor wir zu den Picos gefahren sind. Ich blickte nach oben, hinauf in den Himmel, von wo die Schneeflocken in großer Menge kamen, dann zu den Dächern und Dachterrassen der Häuser. Ich sah den Rauch aus den Kaminen, die großen Fenster, die nackten Balkons, die kahlen Bäume in den Straßen, den raschen Schritt der Leute, die ihre Regenschirme aufspannten, die Ampeln, die Autos, den Schnee, der sich lautlos auf das schmutzige Schachbrett des Bürgersteigs legte und verschwand. Mein Herz wurde von der unendlichen alten und immer neuen Schönheit all dessen erfüllt. Ich hatte den Verdacht, dass ich diese Schönheit zum ersten Mal nach vielen Jahren wahrnahm. Ich glaubte, ich wusste auf eine schwer zu erklärende Weise, dass die Welt, meine Welt darauf gewartet hatte, dass ich sie wieder mit meinen Augen anschaute, mit meinen eigenen, ureigenen Augen; dass alles, was mich umgibt, eine lange, endlose Zeit darauf verwendet hat, sich mit all seiner Schönheit darauf vorzubereiten, das wenn ich, ich ganz allein, zurückkomme von diesem entfernten Ort, an dem ich verloren war und erneut mein Herz zu öffnen in der Lage sein würde, um alles neu zu betrachten, das Lebendige zu spüren, lebendig, wie ich selbst auch wieder, sich meine Seele wieder von den kalten und süßen Winden des Lebens streicheln ließe.

Als ich um die Ecke zur Kathedrale bog, fast beim Haus meiner Großmutter, bahnte sich in meinem Inneren eine Melodie ihren Weg, zuerst unbestimmt, wie ein Murmeln, dann mit ganzer Klarheit, eine Melodie, die ich noch nie zuvor gehört hatte. Eine schnelle, helle Melodie, wie Vogelgezwitscher in der Höhe, das dann näher kam, spielerisch, perlend, und sich dann wieder hob, sich wiederholte, funkelnd wie ein Kristall, wie das helle Lachen eines Kindes. Ich beschleunigte meinen Schritt. Ich warf das Päckchen mit der blauen Badehose in einen Mülleimer, während ich mich darauf konzentrierte, dass mir diese süßen, lächelnden und hoffnungsvollen Töne nicht aus dem Gedächtnis verschwanden. Wie schön würde dies klingen, wenn ich mich ans Klavier setzte.